Anna Weidenholzer

Der Winter tut den Fischen gut

Anna Weidenholzer

Der Winter tut den Fischen gut

Roman

Residenz Verlag

Mit freundlicher Unterstützung des Landes Oberösterreich

Die Arbeit an diesem Buch wurde durch das Wiener Autorenstipendium und das österreichische Staatsstipendium für Literatur gefördert. Die Autorin bedankt sich bei den zuständigen Stellen der Kulturabteilung der Stadt Wien und des BMUKK, Wien.

Bibliografische Information der Deutschen Bibliothek
Die Deutsche Bibliothek verzeichnet diese Publikation in der Deutschen Nationalbibliografie; detaillierte bibliografische Daten sind im Internet über http://dnb.d-nb.de abrufbar.

www.residenzverlag.at

2. Auflage 2012

Umschlaggestaltung: www.boutiquebrutal.com
Umschlagbild: plainpicture / Thordis Rüggeberg
Typografische Gestaltung/Satz: Ekke Wolf, typic.at
Schrift: Minion
Lektorat: Günther Eisenhuber
Gesamtherstellung: CPI Moravia

ISBN 978 3 7017 1583 1

WENN er die Tür öffnet, werde ich sagen, vielen Dank für die Einladung. Ich werde sagen, mein Name ist Maria Beerenberger, ich freue mich, Sie kennenzulernen. Setzen Sie sich, wird er sagen und mir einen Platz anbieten. Ich werde gewusst haben, welche Kleidung ich anziehe. Ich werde mir überlegt haben, wie ich persönlich bin. Er wird eine Krawatte tragen und eine silberne Armbanduhr. Er wird sagen, Frau Beerenberger, erzählen Sie. Gern, werde ich sagen, gern. Ich kenne mich mit der Materie aus. Zumindest habe ich das erreicht, was ich erreichen wollte. Jetzt müssen wir warten. Wovon sprechen Sie, wird er fragen, Frau Beerenberger, was erzählen Sie da. Nun, werde ich sagen, ich sitze Ihnen gegenüber, weil ich die Sätze der Menschen kenne, die im Leben stehen, weil ich eine von ihnen sein werde. Ich habe zu wenig an mich geglaubt, wissen Sie, ich habe zu wenig an meine Zukunft geglaubt. Warum, wird er fragen, bitte, erzählen Sie. Dann wird er schweigen, sich in den Sessel zurückfallen lassen. Gut, werde ich sagen, wenn Sie möchten. Der Tag vergeht, das Licht verbrennt, sagte meine Nachbarin. Fangen wir von hinten an.

54 Der Spiegel

Die Küchenuhr hängt links über dem Herd zwischen den Küchenkästen, der Zeiger gleitet die Zahlen entlang. Acht Uhr fünfundfünfzig, liest Maria, als sie an diesem Dienstagmorgen der Uhr gegenüber am Küchentisch sitzt. Maria trägt den hellblauen Frotteebademantel, den sie jeden Morgen trägt, außer im Sommer, wenn sie im Nachthemd frühstückt, weil es im Bademantel zu warm wäre, selbst an kalten Sommertagen. Am rechten Ellbogen ist der Stoff abgewetzt, auf die rechte Hand stützt Maria ihren Kopf, wenn sie nach dem Frühstücken Zeitung liest oder in die Luft schaut, Kaffee trinkt, frischem Kaffee beim Dampfen zusieht. Kaffee trinkt Maria mit Milch und ohne Zucker. Es ist einfacher, Kaffee ohne Milch zu trinken, sagte Herr Willert, wenn Maria in der Kaffeeküche Milch in ihre Tasse schüttete und beim Umrühren darauf achtete, ob die Milch zu Flocken wurde. Man braucht dann keine Milch zu kaufen, sagte er und verrührte die Milch langsam in seinem Kaffee, bevor er mit dem Daumen gegen den Süßstoffspender drückte und zwei Stück Süßstoff in die Tasse fielen. Maria denkt an Herrn Willert an diesem Dienstagmorgen in der Küche und trinkt einen kleinen Schluck, weil nicht mehr viel Kaffee in der Tasse ist und sie nicht möchte, dass die Tasse leer wird, dass sie aufstehen, dass sie neuen Kaffee holen muss, der immer drei Schlucke zu viel ist. Drei Schlucke, die Maria trotzdem trinkt, weil sie nicht möchte, dass etwas übrig bleibt.

Das Fenster ist nicht weit vom Tisch entfernt, durch das Fenster sieht Maria in den Innenhof, der groß ist. Größer als ein Fußballfeld, sagte Walter und streckte dazu die Arme zur Seite. Im vorderen Teil haben wir unseren Gemüsegarten, im hinteren Teil spielen die Kinder; wir haben keine Kinder, wissen Sie das nicht. Die Sandkästen müssen abends abgedeckt werden, wegen der Katzen, die Fichte ist höher geworden, die Fichte hat das ganze Licht genommen und lässt es auch im Winter nicht durch.

Unter ihrem Frotteebademantel trägt Maria ein Baumwollnachthemd. Baumwolle lässt die Haut gut atmen, etwas anderes würde Maria in der Nacht nicht tragen. An diesem Dienstagmorgen trinkt sie den letzten Schluck Kaffee, setzt die Tasse danach noch einmal an, bis ein kleiner Tropfen nachkommt. Dann geht sie ins Bad, das nur von der Küche aus zu erreichen ist, rosa Fliesen, eine Sitzbadewanne, das Waschbecken daneben. Das Badezimmer hat kein Fenster, Maria wechselt ab: Zuerst das Gesicht waschen, dann den Bademantel ausziehen. Sich kämmen, beim Scheitel die Haare auseinanderziehen, sich ärgern, dass sie schon wieder gefärbt werden müssen, das Nachthemd ausziehen, die Zähne putzen, die Unterhose ausziehen, das Gesicht eincremen, die

Hausschuhe ausziehen, die Augen schminken, die Unterhose anziehen. Für weitere Kleidungsstücke fehlen die Zwischenschritte, und Maria zieht sich ohne Unterbrechung an. *Machen Sie konsequent, systematisch, parallel, schnell und viel.* Maria zieht an diesem Dienstagmorgen weiße Socken, weiße Unterwäsche, eine hellblaue Bluse und eine weiße Hose an.

Der Spiegel hängt links neben der Eingangstür, rechts wäre kein Platz dafür. Rechts ist die Wand mit einem Schrank verbaut, darin die Jacken, die Taschen, die Wintermäntel. Der Schrank schließt bis oben hin zur Decke ab. Stauraum, sagten Maria und Walter, als sie den Schrank aussuchten, Stauraum ist wichtig. Darin hat alles seinen Platz, sagte der Verkäufer, und Maria schaute auf sein Hemd, der zweite Knopf von oben hatte sich geöffnet, oder war er schon die ganze Zeit über offen gestanden, und nickte. So kann man doch nicht verkaufen, sagte Maria später im Auto, als sie mit Walter nach Hause fuhr. Da hat sich einer zum Linksabbiegen rechts eingereiht, antwortete Walter. Beim Verkaufen muss man auf sein Auftreten achten, sagte Maria. Wie lange es noch dauern wird, bis er begriffen hat, dass er auf der falschen Seite steht, antwortete Walter und hupte. So kann man doch nicht verkaufen, sagte Maria. Doch, antwortete Walter, also doch.

Der Rahmen des Spiegels ist golden, wie die Schlüssel, die in den Schranktüren stecken, nur dass bei den Schlüsseln das Gold an einigen Stellen abgegriffen ist. Maria schaut in den Spiegel, sie lächelt und ärgert sich über die Falten, die dabei entstehen, sie beschließt, nicht mehr zu lächeln, sie zieht die Bluse an den Oberarmen ein Stück hinunter. Kundinnen mit schlaffen Oberarmen ist von ärmelfreien Oberteilen abzuraten, sagte Herr Willert, die Kundinnen dürfen dabei nicht auf ihre Oberarme angesprochen werden. Drücken Sie Begeisterung aus, wenn Ihnen etwas an der Kundin gefällt. Weisen Sie auf andere Kleidungsstücke hin, sollte eines nicht geeignet sein. Sollte Ihnen an der Kundin etwas nicht gefallen, was der Kundin gefällt, schweigen Sie. Maria sieht im Spiegel ihre Augen, die an Vormittagen trüber sind als an Nachmittagen. Mit schwarzem Augenkonturenstift hat Maria sie umrandet, ihre grünen Augen, die nach dem Aufstehen eine Weile brauchen, bis sie klar werden, die Wimpern getuscht. Mit dem Zeigefinger wischt sie unter dem linken Auge eine Wimper weg, sie fährt mit der Hand durch ihre Haare, sie richtet sich auf.

Der Rahmen des Spiegels ist breit, er bietet genügend Platz für die Zettel. Maria befestigt sie mit Klebebandstreifen, die sie zuvor gegen ihren Handrücken drückt, damit sie nicht so stark haften und die Goldfarbe ablösen. Die Sätze sind in Großbuchstaben geschrieben, sonst müsste Maria zu nahe an den Spiegel heran, wenn sie lesen möchte, was auf den Zetteln steht. An diesem Novemberdienstagmorgen betrachtet sich Maria kurzärmelig vor dem Spiegel und bemerkt, dass sich auf ihren Unterarmen die

Haare aufstellen. So nicht, sagt sie und geht hinüber ins Schlafzimmer, um eine Strickjacke zu holen. Weiß passt zu Blau und Blau nicht zu Schwarz. Achten Sie auf die Farben, sagte Herr Willert. Herr Willert trug Grau und manchmal auch Dunkelblau; gedeckte Farben, wie er sagte, Männer und Frauen wirken in gedeckten Farben seriös, Frauen auch in Pastell. Im Schlafzimmer streift Maria mit der Hand über das Leintuch, schüttelt den Polster auf, legt die Bettdecke gerade hin. Auf Walters Seite zieht sie an den Enden der Decke, damit die Falten verschwinden. Auf Walters Seite wird die Bettwäsche nur alle vier Wochen gewechselt, auf Marias Seite alle zwei. In geraden Monaten holt Maria die grünen Überzüge aus dem Schrank hervor, in ungeraden die gelben. Weil bei Walter nur alle vier Wochen gewechselt wird, bleibt immer eine Reservegarnitur, für Notfälle und für Gäste, würde Maria sagen, würde sie mit jemandem über ihre Bettwäsche sprechen. An diesem Dienstagmorgen nimmt sie eine weiße Strickweste aus dem Kleiderschrank und versperrt ihn, nachdem sie ihn geschlossen hat. Den Schlüssel lässt sie stecken, sie zieht ihn niemals ab.

Vom Schlafzimmer zum Spiegel sind es wenige Schritte, auf der Vorzimmerkommode liegen die Briefe, ungeöffnet, gesammelt von Dienstag bis Freitag, Montag ist keine Post gekommen. Der Tierschutzverein hat geschrieben, der Mobilfunkanbieter, der Vorteilsclub, das Arbeitsmarktservice, der Verein zur

Hilfe für an Lepra erkrankte Kinder in Ostindien, eine Boutique, bei der sich Maria beworben hat. Maria hat die Briefe nach Themen geordnet: Tiere, Rechnungen, Werbungen, Möglichkeiten, Pflichten. Sie zerreißt die Rechnungen und versteckt den Brief vom Arbeitsmarktservice in der ersten Schublade unter dem Telefonbuch. Danach beißt sie auf ihre Unterlippe, atmet tief ein und aus. Sie geht hinüber zum Spiegel und setzt ein Lächeln auf. Sie liest von links nach rechts: *Ich kenne mich mit der Materie aus. Ich habe ein schönes Foto, auf dem du Tauben fütterst. Zumindest habe ich das erreicht, was ich erreichen wollte.* Als es klingelt, erschrickt sie, sie dreht sich zur Seite und greift zum Telefon, das auf der Vorzimmerkommode zwischen den Briefen liegt, sie hält es zum Ohr, sagt: Beerenberger. Eine Frau ist am anderen Ende der Leitung, sie nennt ihren Namen, den Maria gleich wieder vergessen haben wird, sie sagt: Ich rufe im Auftrag Ihrer Bankfiliale an. Es ist uns wichtig, mit unseren Kunden guten Kontakt zu halten, deshalb möchte ich Sie fragen, wie Sie mit unseren Dienstleistungen zufrieden sind, Frau Beerenberger. Ich bin zufrieden, sagt Maria, es fehlt mir an nichts, bitte entschuldigen Sie, ich habe keine Zeit, ich bin beschäftigt. Darf ich Sie zu einem späteren Zeitpunkt anrufen, fragt die Frau, Ihre Meinung ist uns wichtig, Frau Beerenberger. Und darf ich Sie noch kurz fragen, ob sich Ihre Adresse geändert hat. Maria wartet, bis die Anruferin eine Pause macht. Dann legt sie auf. Es hat sich ohnehin nichts geändert, denkt sie.

Sollte sie noch einmal anrufen, werde ich nicht abheben, und sollte ich versehentlich abheben, werde ich sagen: Entschuldigen Sie, der Empfang war weg, ich lebe in einem Funkloch. Vor fünfundzwanzig Jahren ist Maria mit Walter in die Wohnung gezogen. Eine Genossenschaftswohnung, Halbparterre, mit Blick in den Hof und Blick auf die Straße. Walters Mutter sagte: Wir haben genug Platz, bleibt doch.

Jetzt aber, sagt Maria und stellt sich aufrecht vor den Spiegel, sie zieht die Schulterblätter zurück und beginnt von vorn: *Ich kenne mich mit der Materie aus. Ich habe ein schönes Foto, auf dem du Tauben fütterst. Zumindest habe ich das erreicht, was ich erreichen wollte. Das ist nicht lustig. Jetzt müssen wir warten. Sie haben sich da falsch verhalten. Das wollen wir doch stark hoffen. Nein, die haben Geld über Geld. Es ist alles in Ordnung, gehen Sie weiter. Mein Herz, dich versteht niemand. Auf Wiedersehen und ein schönes Wochenende, auch Ihren Tieren.* Nach dem letzten Satz schließt Maria die Augen, sie beginnt aufs Neue, spricht lauter, beim dritten Satz stoppt sie und öffnet ein Auge. Genau, sagt sie, ich weiß es doch, und schließt es wieder. Beim zweiten Versuch braucht Maria die Augen nicht mehr zu öffnen. Gut, sagt sie und geht zur Kommode, nimmt den Brieföffner aus der Lade. Den Brieföffner hat Maria von ihren Eltern zur Lehrabschlussprüfung bekommen. Jetzt stehst du auf eigenen Beinen, sagte ihr Vater, und Maria lachte und sagte, einen Brief kann ich auch mit den Fingern öffnen. Ihr Vater schüttelte den Kopf, du musst noch viel lernen, sagte er und setzte sich auf seinen Platz, wo er seit seiner Pensionierung immer saß, auf dem Platz in der Küche mit Blick auf das Fenster. Maria setzt die Klinge am Rand des Kuverts an. Wer Arbeit möchte, der findet welche, sagte ihr Vater, wenn er über den arbeitslosen Nachbarn sprach. Was ist das für ein Mensch, sagte er. Hubert, sagte Marias Mutter, sprich leise, das Fenster ist offen. Wie lange ist er schon arbeitslos, sagte Marias Vater, und die Mutter schloss das Fenster. Denk an deinen Schwager, sagte sie, die Vorhänge ließ sie offen.

Maria fährt mit dem Zeigefinger in das offene Kuvert, betastet das Papier. Weil ich vermute, dass Einladungen zu Vorstellungsgesprächen auf qualitativ hochwertiges Papier gedruckt sind, würde Maria sagen, um ihr Verhalten zu erklären, und dann: Ich erkenne bei diesem Brief die Papierqualität leider nicht ausreichend, es ist herkömmliches Papier, aber kein billiges. Maria lässt den Finger im Briefkuvert, sie blickt in den Spiegel. Notstandshilfe, so weit ist es also mit dir gekommen, würde ihr Vater sagen. Ja, würde Maria antworten, sie würde ihm nicht erzählen, dass ihr das Geld gestrichen wurde. Aber warte ab, bis ich den Brief geöffnet habe. Ich denke positiv, das Leben ist eine Herausforderung. Man muss nur stark genug wollen, dann wird alles gut. Maria nimmt den Finger aus dem Kuvert, sie legt den Brief zur Seite, sie sagt: Ich möchte noch ein wenig an meiner Visualisierung arbeiten, und geht hinüber in die Küche.

53 Der Markt

Die Stille der fehlenden Blätter ist unerträglich, finden Sie nicht, denkt Maria, als sie unter den kahlen Platanen zum Marktplatz geht. Im November sitzt es sich schlecht auf der Bank, auch wenn sie aus Holz ist und nicht aus Metall. Marias Bank steht gegenüber der Kirche, etwas abseits, aber dennoch so, dass genügend Menschen vorüberkommen. *Kevin du Hurrenkind* hat jemand über Nacht auf die Lehne geschrieben, und Maria setzt sich neben den Schriftzug, weil sie befürchtet, die Farbe könnte noch nicht trocken sein. Der Platz um die Kirche ist gesäumt von Lokalen, an Freitagen verkaufen die Marktfahrer hier ihre Waren. Nicht alle kommen im Winter, aber der Mann mit den Fischen ist immer da, auch die Frau mit dem Schweinefleisch, über deren Vitrine Fotos hängen: liegende Schweine im Stall, stehende Schweine im Stall, manchmal mit einer Katze dazwischen, einmal auch ein Knäuel Katzenkinder. Maria nickt, wenn sie an der Frau mit den Schweinen und dem Mann mit den Fischen vorübergeht, auch den anderen Verkäufern nickt sie zu, wenn diese in ihre Richtung schauen. Maria kauft nichts, sie probiert nicht, wenn ihr Ware angeboten wird. Wer probiert, hat verloren, würde sie sagen, würde sie jemand fragen, warum. Es ist wie mit den schönen Pullovern, wer einmal hineinschlüpft, kommt nicht mehr heraus. Am liebsten unterhält sich Maria mit dem Fischverkäufer, er ist ein junger Mann, dessen Hände im Winter gerötet sind. Du wirst dir noch etwas abfrieren, sagt Maria zu ihm an besonders kalten Tagen. Ich friere mich wach, sagt der Fischverkäufer dann, und du, was machst du hier immer. Schauen, sagt Maria, ich schaue nur, der Winter tut den Fischen gut, sie bleiben frisch, nicht wahr. Unsere Fische sind immer frisch, sagt der Fischverkäufer, wir achten auf unsere Ware. An diesem Novemberdonnerstag ist der Platz vor der Kirche leer, die Tauben sitzen auf dem Boden vor dem Vogelhaus, sie picken auf, was die Meisen fallen gelassen haben. Würde Maria mit dem Fuß auf das Pflaster stampfen, würden die Tauben davonfliegen, aber Maria bewegt ihre Füße nicht. Sie sitzt und wartet, bis sie nach Hause gehen kann.

Nach Hause sind es fünfundzwanzig Minuten. Manchmal braucht Maria länger für die Strecke, wenn sie Bekannte trifft und stehen bleiben oder die Straßenseite wechseln muss. An kalten Tagen zieht sie den Schal über ihren Kopf, damit sie weniger leicht zu erkennen ist. Der Platz mit der Kirche liegt in einem anderen Stadtteil als Marias Wohnung, hier trifft sie niemanden, außer die Marktfahrer, die ihre Geschichte nicht kennen, außer die Tauben, die schlecht auseinanderzuhalten sind. An diesem Novemberdonnerstag hat Maria unweit ihrer Wohnung Sybille getroffen, die sie vor einigen Jahren fast jeden Tag sah, wenn sie von der Arbeit nach Hause kam. Im Vorübergehen schaute Maria durch das Schaufenster in Sybilles Frisiersalon, und sie winkte, wenn Sybille in ihre Richtung blickte, an Sommertagen stand die Tür offen. Alle zwei Monate saß sie bei Sybille, Farbe und Schnitt, fragte Sybille dann, immer um den Fünfzehnten eines ungeraden Monats. In Sybilles Frisiersalon gab es eine Treppe, im Erdgeschoß wurden den Männern, oben im Hinterzimmer den Frauen die Haare gemacht. Maria trank Kaffee, während sie darauf wartete, dass die Farbe einwirkte, ab und zu kam Sybille vorbei, schaute auf Marias Kopf, sagte, ein bisschen noch, soll ich Ihnen etwas zu lesen bringen. Wenn Sybille sich danach wieder einer anderen Kundin widmete, kratzte Maria heimlich mit dem Zeigefinger auf der Kopfhaut, die von der Farbe juckte. Den Finger wischte sie in dem schwarzen Handtuch ab, das in den Kragen ihres Mantels gesteckt war, und vor dem letzten Schluck Kaffee aß Maria die Praline, die neben dem Löffel auf der Untertasse lag. Aus dem Erdgeschoß hörte sie dabei Männerstimmen, aber nur manchmal, wenn Kunden im Frisiersalon waren und wenn sie sprachen.

Maria, sagte Sybille, als die beiden einander an diesem Novemberdonnerstag auf der Straße trafen, und winkte. Maria, wie geht es Ihnen. Maria blickte von ihrer Handtasche auf, klemmte sie unter ihren Arm. Gut, sagte sie, ich kann mich nicht beschweren. Ich suche mein Mobiltelefon, wissen Sie, in diesen großen Taschen findet man nichts, diese großen Taschen schlucken alles, kein Wunder, wenn etwas verschwindet. Arbeiten Sie denn heute nicht, haben Sie Urlaub, fragte Sybille. Maria machte den Reißverschluss ihrer Tasche zu, langsam, damit er nicht heraus springen würde. Nein, es war an der Zeit, sich neu zu orientieren. Sie wissen ja, das Leben läuft dahin.

Sybilles Frisiersalon hieß *Frisiersalon Sybille*, das Schild hängt immer noch über der Eingangstür, blaue Schnörkelschrift auf weißem Grund. Sybille kommt nur noch selten in die Straße, sie wohnt in einem anderen Stadtteil, wo die Häuser weiter auseinander stehen und die Straßen breiter sind. Sybille, was machen Sie hier, hätte Maria fragen können, aber Maria wollte weiter. Entschuldigen Sie, ich muss mich beeilen, ich habe wenig Zeit, sagte sie, als Sybille erwartungsvoll lächelte, nachdem Maria erzählt hatte, es sei an der Zeit, sich neu zu orientieren. Sybille hatte ihr Erzählen-Sie-doch-Lächeln aufgesetzt, aber Maria wollte nicht erzählen.

War ich unfreundlich, denkt Maria, als sie auf der Parkbank vor der Kirche ihren Schal vom Hals nimmt und ihn neu wickelt, sodass er besser liegt und die Kälte abhält. Der Schal ist aus Wolle, gemischt mit Angora. Den dürfen Sie nicht in der Maschine waschen, sonst wird er kaputt, hätte Maria zu Kundinnen gesagt, passen Sie gut auf darauf, dann begleitet Sie das Stück ein Leben lang. Wenn ich ihn nicht verliere, antwortete eine Kundin einmal, und Maria schaute kurz böse, dann lächelte sie. Bestimmt nicht, sagte sie, so einen Schal verliert man nicht.

Vor der Kirche steht ein Mann, er steckt sein Mobiltelefon in die Manteltasche, dann öffnet er die schwere Holztür, deren Griff so hoch angebracht ist, dass Kinder ihn nicht erreichen. Maria erschrickt, sie schaut zur Seite, sie möchte ihr Gesicht verbergen, aber sie weiß nicht, wohin damit. Weil das Gesicht das Haupterkennungsmerkmal eines Menschen ist, würde sie sagen, würde sie jemand fragen, warum. Aber Maria kann ihr Gesicht nicht verbergen, sie muss den Mann ansehen. Worauf wartet er, denkt sie, und dann: Nein, er ist es nicht. Was ich gesagt hätte, wenn er es gewesen wäre. Wenn er gefragt hätte, Frau Beerenberger, warum kommen Sie nicht mehr zu uns. Haben Sie Arbeit gefunden, Sie wissen, dass Sie sich melden müssen, Sie wissen, dass Ihre Bezüge eingestellt werden, wenn Sie unentschuldigt Ihren Kontrolltermin versäumen. Frau Beerenberger, hier, ich gebe Ihnen einen Termin, bitte kommen Sie nächste Woche. Nein, das würde er nicht sagen, denkt Maria und schlägt die Beine übereinander. Was ist los mit Ihnen, warum kommen Sie nicht mehr. Nein, das würde er nicht fragen. Es ist ihm egal, ob ich komme oder nicht. Er würde mich nicht erkennen, er wüsste meinen Namen nicht. Eine weniger, würde er vielleicht denken, eine weniger, die uns auf der Tasche liegt.

Maria schaut auf die Uhr. Fünfzehn Minuten noch, denkt sie und schiebt den Ärmel wieder über das Handgelenk. Man muss den Ansturm erwarten können, sagte Herr Willert. Es ist wie mit dem Wetter: Es gibt kein schlechtes Wetter, nur schlechte Kleidung. Falsch gekleidet ist jedes Wetter schlecht. Er sagte: Was wollte ich Ihnen eben erklären – richtig, man muss den Ansturm erwarten können. Wenn man vor einem Sturm, wenn man vor einem Unwetter eine regenbeständige Windjacke aus Goretex übergezogen hat, kann es noch so blasen und schütten, es wird einem nichts geschehen. Atmen Sie durch, richten Sie Ihre Haare, trinken Sie einen Schluck Wasser, aber alles erst, wenn die Stücke an ihrem Platz sind, gerade liegen, Ecke auf Ecke, ordentlich. Dann sind Sie für den Ansturm gewappnet. Der Sturm kam aus der anderen Richtung, denkt Maria jetzt, als sie auf der Parkbank sitzt und den Tauben zusieht. Der Sturm kam aus der anderen Richtung, und er, er wusste es. Maria steckt die Hände in die Manteltaschen, in der linken findet sie ein Taschentuch, das sie in ihrer Hand knetet. Maria verwendet Taschentücher mehrmals, so lange, bis sie löchrig werden. Sie faltet sie nach dem Schnäuzen an ihren Enden zusammen, zuvor schaut sie kurz in die Mitte, aber das schnell und unauffällig. Maria mag Taschentücher mit Mentholgeruch, auch wenn sie ihren Geruch verlieren, wenn sie eine Weile im Mantel getragen werden. Als eine alte Frau mit ihrem Boxer vorbeigeht, nimmt Maria die Hände aus den Taschen und schaut weiter geradeaus. Maria und die alte Frau grüßen einander nicht, obwohl die Frau jeden Tag vor Maria stehend wartet, während der Hund gegen das Vogelhaus neben der Bank uriniert. Im Winter trägt die Frau einen braunen Pelzmantel, der den gleichen Farbton hat wie das Fell des Hundes. Die Schultern der Frau sind breit, ihr Gesicht ist zart. Erwin, sagt die Frau, wenn sie vor Maria steht, beeil dich. Erwin schnüffelt dann am Pfosten des Vogelhauses, dreht sich zwei Mal im Kreis, geht vor, geht zurück, hebt sein Bein, dreht sich einmal im Kreis, stoppt an derselben Stelle wie zuvor, hebt sein Bein erneut und markiert gegen den Pfosten. Wenn Erwin zurückkommt, gehen die beiden weiter. Maria schaut auf den Boden vor dem Vogelhaus und dann wieder weg.

Es ist kurz nach zwölf, als sich Maria etwas aufrechter hinsetzt, ein Mobiltelefon an ihr Ohr hält und beschäftigt wirkt. Sie sieht sie kommen, die Männer in ihren schwarzen und dunkelblauen Anzügen, dann und wann eine Frau unter ihnen. Sie kommen in Gruppen, in Linien, einige lachen, einige schauen böse, manche gehen abseits und telefonieren. Alle gehen sie schnell, Maria muss sich konzentrieren, um erfolgreich zu sein, sie schaut auf den Asphalt vor sich, als sich die erste Gruppe nähert, der Asphalt ist gefleckt von Kaugummiresten. Maria nickt, sie sagt laut, es ist alles in Ordnung, sie klemmt das Mobiltelefon zwischen Schulter und Kopf und holt einen Kalender aus ihrer Handtasche. Während Maria wartet, kehren die Frau und Erwin zurück. Ausnahmsweise, sagt die Frau und lässt Erwin ein zweites Mal zum Vogelhaus. Maria ärgert sich, und während sie sich ärgert, zieht die erste Gruppe vorbei in Richtung Italiener am Eck, nur ein junger Mann wird kurz langsam, bleibt bei der Frau im Pelzmantel stehen. Frau Huber, wie geht es Ihnen, fragt er, wie geht es Erwin und Rambo. Die Frau sieht den jungen Mann im Anzug lange an, dann antwortet sie, gut, es geht uns gut, Rambo schläft zu Hause auf der Fensterbank, wie geht es Ihren Tieren. Die Tiere sind wohlauf, sagt der Mann, ich bin in Eile, meine Kollegen warten auf mich, aber läuten Sie doch wieder einmal bei uns, wir würden uns freuen. Gern, sagt die Frau. Fein, sagt der Mann. Maria rückt näher an die beiden heran, sie möchte sicher sein, dass sie alles richtig versteht. Dann läute ich nächstes Wochenende bei Ihnen, wenn Sie zu Hause sind, sagt die Frau, ich bringe Apfelstrudel und Teegebäck. Auf Wiedersehen, sagt der Mann und dreht sich zur Seite, auf Wiedersehen und ein schönes Wochenende, auch Ihren Tieren.

Maria lächelt, als der Mann an ihr vorübergeht, aber der Mann sieht sie nicht. In einem Jogginganzug kann niemand seriös wirken, nicht einmal der wichtigste Mann der Welt, sagte Herr Willert, ein seriöser

Mann trägt Anzug. Dunkelblau, Polyester und Viskose, denkt Maria, während sie dem Mann nachsieht. Maria hat gesehen, dass die Bügelfalte der Anzughose zweimal beginnt und weiter unten in einem Bügelstrich zusammenläuft. Mischgewebe, denkt sie, die Hose sitzt nicht gut. *Mittagsangebot* steht auf dem Schild vor dem Italiener, Pizza Diavolo oder Lasagne al forno. Maria tippt in ihr Mobiltelefon: *Auf Wiedersehen und ein schönes Wochenende, auch Ihren Tieren.* Danach drückt sie auf Senden. Sie freut sich kurz, als das Nachrichtensymbol auf dem Bildschirm aufleuchtet. Sie liest ihre Telefonnummer, darunter den Satz des Mannes. Besser als nichts, denkt sie und steht auf. Zu Hause wird sie einen Stift nehmen, in Großbuchstaben schreiben: *Auf Wiedersehen und ein schönes Wochenende, auch Ihren Tieren.* Sie wird den Satz an den Spiegel kleben, die Augen schließen. In der Wohnung wird es warm sein, außer im Schlafzimmer, dort ist es immer kalt.

52 Ein Leben mit Eduard

Wie es sein könnte: Ich könnte jeden Morgen aufwachen, ein Mann namens Eduard neben mir. Edi würde ich ihn nennen, und wenn ich mich auf die

Seite rollen würde, um danach rückenschonend aufzustehen, würde Edi schon in der Küche sein. Er könnte einen braunen Frotteebademantel tragen, dunkelbraun mit schwarzem Emblem auf der Brust. Die Fichte wäre gefällt, und die Sonne würde in die Küche scheinen. Ich würde Eduard hören, wie er in der Küche Brot schneidet, wie er den Tisch deckt, ich würde den Kaffee riechen und die Beine aus dem Bett strecken, mich rückenschonend mit den Armen aufstützen, die Bauchmuskeln und den Beckenboden anspannen, den Oberkörper aufrichten, gerade sitzen. Ich hätte keine Schwierigkeiten, ich wäre schmerzfrei. Schmerzfrei zu sein würde bedeuten, Bewegungen auszuführen, ohne daran denken zu müssen, wie. Frau Bauer würde nicht mehr vor der Wohnungstür stehen und sagen: Ich habe gehört, dass Sie die Schuhe binden. Wissen Sie, Sie jammern, dass man Sie bis vor die Wohnung hört. Sie jammern, wenn Sie sich bücken, Sie jammern, wenn Sie sich danach wieder aufrichten, wird es denn nicht besser mit Ihrem Rücken, das kommt vom vielen Heben, ich kenne das.

Ich würde aufrecht in die Küche gehen, mich strecken, ich würde lächeln und Eduard einen guten Morgen wünschen. Wir würden uns setzen, Marmeladebrote essen, zuerst Butter auf die Brote streichen, dann Marmelade, das Brot wäre schon geschnitten, gerade Schnitten, fingerdick. Ich müsste nicht sprechen, weil Eduard akzeptieren würde, dass ich an Vormittagen nicht gerne spreche, wir würden Zeitung lesen, die Butter wäre immer frisch, und Eduard würde sagen, deine Tasse ist leer, Liebes, möchtest du noch Kaffee, wir teilen ihn.

51 Die Zukunft lesen

Wenn die Wolken schnell vorüberziehen, scheint die Sonne und manchmal nicht. Maria bückt sich, um den Himmel zu sehen. Von der Wohnung im Halbparterre ist das nur möglich, wenn sie in die Knie geht. Maria versucht in die Knie zu gehen und sich dabei gerade zu halten, aber sie denkt nicht immer daran. Wechselhaft, denkt Maria, als sie an diesem Septembersamstag in den Himmel schaut, es ist heute wechselhaft. Wechselhaftes Wetter bedeutet, von allem ein bisschen, vor allem aber Wind, der die Blätter verweht, die Nadeln der Fichte bleiben. Ein bisschen Grün muss auch im Winter sein, sagte der Hausmeister, wenn er über den Stamm der Fichte strich. Wissen Sie, Frau Beerenberger, eine Fichte verliert ihre Nadeln nicht, sechs bis dreizehn Jahre hält sie der Baum, nur wenn er gestresst ist, lässt er sie früher fallen. Was stresst Bäume, fragte Maria und öffnete den Deckel der Mülltonne im Hof. Schlechte Umwelteinflüsse, sagte der Hausmeister, als Maria den Müll fallen ließ. Maria fragte: Was haben Sie gesagt, Herr Popovic, ich habe Sie nicht verstanden. Die Umwelt, sagte der Hausmeister und: War da etwa Papier dabei.

Die Fichte wuchs und der Hausmeister musste gehen, eine Firma erledigt seither seine Arbeit. In die Hausmeisterwohnung zog ein junges Paar, das nicht lange blieb, weil in die Hausmeisterwohnung noch weniger Licht fällt als in Marias Wohnung, weil die Hausmeisterwohnung im Erdgeschoß liegt. Nach dem jungen Paar lebte ein alleinstehender Mann in der Wohnung, er wurde beobachtet, wie er Kupfernägel in die Fichte schlagen wollte. Kupfernägel in die Fichte zu schlagen, sind Sie verrückt, was hat Ihnen der Baum getan, sagte Herr Schneiderhahn, der ein guter Freund des Hausmeisters gewesen war, Bäume töten, wo kommen wir hin. Frau Schneiderhahn schüttelte den Kopf, wenn der alleinstehende Mann an ihr vorüberging, sie schüttelte den Kopf und grüßte ihn nicht. Wissen Sie, wie ein Baum an einem Nagel stirbt, sagte sie zu Maria, als sie zufällig nebeneinander bei den Postkästen standen und der Mann aus seiner Wohnung kam. Qualvoll stirbt er, ganz qualvoll. Frau Schneiderhahn hat leicht reden, dachte Maria, sie wohnt ganz oben, dort, wo der Baum keinen Schatten mehr wirft. Maria nickte, der alleinstehende Mann ging vorüber und grüßte leise, sein Grüßen wurde nicht erwidert. Der alleinstehende Mann kündigte nach Ablauf der Mindestmietdauer, und das neue junge Paar, das nach ihm einzog, kündigte nach Ablauf der Mindestmietdauer, zuerst zog die Frau aus, dann der Mann. Eine Yuccapalme ließen sie auf dem Fensterbrett zurück. Sie verlor zuerst die unteren Blätter, die Blätter wurden gelb, dann braun, und Milica riss sie aus, sodass der Stamm der Yuccapalme länger wurde. Ich habe es versucht, sollte Milica später sagen, nachdem sie die Palme zwei Monate gegossen hatte und die Blattläuse gekommen waren. Die Yuccapalme fand unter der Fichte im Innenhof einen Platz. Damit die Sonne die Blätter nicht verbrennt, sagte Milica und ließ die Palme verdursten.

Maria schüttelt den Kopf, schließt die Augen, sprüht mit der Haarspraydose. Milica zog im Frühjahr in die Wohnung im Erdgeschoß, sie klingelte bei allen im Haus, sie sagte: Hallo, mein Name ist Milica, ich bin die neue Nachbarin. Nur wenige öffneten. Maria blickte zuerst durch den Türspion, und als sie Milica sah, wie sie sich durch ihre Haare fuhr, ein Lächeln aufsetzte und es wieder fallen ließ, beschloss sie, zu öffnen. Hallo, mein Name ist Milica, ich bin die neue Nachbarin, sagte Milica. Hallo, sagte Maria und streckte Milica die Hand entgegen, Maria, es freut mich, ich hoffe, Sie hören meine Schritte nicht. Wo Menschen leben, sind Geräusche, sagte Milica und lächelte. Dann ging sie wieder. Milica lebt geräuschlos, denkt Maria, als sie ihre Haarspraydose auf der Vorzimmerkommode abstellt. Nur wenn Milica vor ihrer Wohnung Nachbarn grüßt, hört Maria sie. Milica lebt allein, sie hat die Fenster zur Straße hin mit gehäkelten Gardinen verhängt, Plastikorchideen dahinter, an Sonntagen kommen die Kinder zu Besuch, seit kurzem auch ein Enkelkind. Wenn das Enkelkind in die Wohnung hinein- oder hinausgetragen wird, weint es kurz. Jetzt sind sie da, denkt Maria dann, oder: Jetzt sind sie weg. Maria war noch nie in der Hausmeisterwohnung, sie betritt sie an diesem Septembersamstag zum ersten Mal. Morgen aber, hat Milica am Tag zuvor gesagt und den Zeigefinger gehoben, morgen kommen Sie zu mir, Kaffee trinken, wir sprechen schon so lange davon. Maria nickte und lächelte, sagte: Morgen ist gut.

Die Wände von Milicas Wohnung sind beige gestrichen, die Wand hinter dem Fernseher ist voll mit gerahmten Bildern, Kinder in verschiedenen Entwicklungsstadien, Kinder, die keine Kinder mehr sind, aber immer Kinder bleiben. Da war mein Sohn noch klein, sagt Milica, und jetzt, sie lacht. Hast du Kinder, Maria, ich kann doch du sagen, ich bin Milica. Maria schüttelt den Kopf, nein, ich habe keine Kinder, wie alt sind deine.

Der Boden von Milicas Wohnung ist mit einem blauen Teppich überzogen, den hat mein Sohn gelegt, sagt sie, ich brauche es warm unter den Füßen, diese Holzböden, sie sind kalt und knarren zu viel. Maria nickt, sie hat ihre Schuhe vor der Wohnungstür stehen gelassen, ihre Schuhe, die sie einen Halbstock zuvor angezogen hat. Sie trägt keine Socken, nur Strümpfe, die an den Fersen aufgerissen sind.

Maria hat nicht daran gedacht, dass Milica einen Teppichboden haben und das Ablegen der Schuhe verlangen könnte. Sie hebt ihre Füße beim Gehen deshalb nur ein wenig, damit Milica die Risse nicht sieht. Angenehm, nicht, sagt Milica, als Maria über ihren Teppichboden schleicht, schön weich, nur das Putzen ist schwierig, aber ich habe ohnehin keine Tiere in der Wohnung. Der Schmutz, den Tiere machen, ist unerträglich, setz dich doch, bitte, nimm Platz. Otto machte keinen Schmutz, denkt Maria, als sie auf Milicas Couch sitzt und Milica in der Küche hört. Maria fragt: Soll ich dir helfen. Danke, ich komme gut allein zurecht, bleib du nur sitzen. Es ist ein warmer September, denkt Maria, er wird es gut haben. Iss, sagt Milica, als sie wieder neben Maria Platz genommen hat, ich habe noch mehr in der Küche. Maria isst, und Milica sitzt neben ihr, die Hände im Schoß. Möchtest du nichts, fragt Maria, nein, sagt Milica, ich habe schon. Es schmeckt sehr gut, sagt Maria, was ist das. Burek, sagt Milica, das ist Burek. Selbstgemacht, fragt Maria und isst, ohne dass der Burek vor ihr weniger wird. Selbstgemacht, sagt Milica und geht hinüber in die Küche, von wo sie mit einem Teller Baklava zurückkommt. Maria isst und erinnert sich an die erste Begegnung mit Walters Eltern, sie wollte einen guten Eindruck machen, sie wollte viel essen, aber die Rote-Rüben-Suppe wurde nicht weniger. Schmeckt es dir denn nicht, fragte Walters Mutter und seufzte. Sehr gut, sagt Milica, als Maria zwei Stück Burek und Baklava gegessen hat, jetzt trinken wir Kaffee. Komm mit, sieh mir zu.

Eine kleine gusseiserne Kanne steht auf dem Herd in der Küche. Milica gießt Wasser hinein, sie sagt: Das Wasser muss sehr heiß werden, es darf nicht kochen. Damit machst du Kaffee, fragt Maria, ja, antwortet Milica, so macht man das. Die Waschmaschine neben dem Herd schleudert, und die Platte darüber wackelt. Jetzt ist es heiß genug, sagt Milica, als das Wasser dampft, weißt du, man braucht viel Zeit, um Kaffee zu kochen. Aus der Dose neben dem Herd schüttet Milica Kaffeepulver in die Kanne, rührt um und stellt sie zurück auf den Herd. Jetzt müssen wir warten, sagt sie, wir müssen warten, bis der Kaffee beginnt, wie soll ich das erklären, bis der Kaffee, er darf nicht kochen, aber der Schaum muss in die Höhe treiben. Eine Weile stehen Milica und Maria vor dem Herd, sie sprechen nicht und sehen dem Kaffee zu. Warum macht man das so, fragt Maria, und Milica antwortet: Das macht man so. Dann schauen sie weiter dem Kaffee zu. Jetzt, sagt Milica und zieht die Kanne vom Herd, woraufhin der Schaum in sich zusammenfällt. Und dann, fragt Maria. Komm mit, sagt Milica.

Die Tassen stehen auf einem goldenen Tablett, auch eine Schale mit Zuckerwürfeln, zwei Löffel liegen daneben. Milica stellt die Kanne dazu und trägt das Tablett ins Wohnzimmer: Wir müssen schnell sein und dann langsam, Kaffee trinkt man heiß und mit

Genuss. Dort wo Maria zuvor gesessen ist, liegt ihre Tasche. Sie setzt sich neben sie, vorne, an den Rand des Sofas, weil sie sonst zu weit nach hinten sinken würde. Milica nimmt auf dem Hocker gegenüber Platz, gießt Kaffee ein. Bitte, trink, sagt sie, aber Vorsicht, dass du nicht den Kaffeesatz erwischst. Könnte ich Milch haben, fragt Maria. Nein, sagt Milica, Kaffee wird ohne Milch getrunken, Zucker ist erlaubt, aber keine Milch. Beim ersten Schluck verbrennt sich Maria die Oberlippe, der Kaffee ist stark, nach dem vierten Schluck spürt sie ihr Herz klopfen. Mein Herz klopft, sagt sie. Milica sieht sie an, lächelt, sie sagt: Das ist doch gut, wenn das Herz klopft, wenn man weiß, dass man noch am Leben ist. Maria nickt und sieht einen Gastgarten an einem Fluss, wo sie mit Martha und Angelika tschechisches Bier getrunken hat, am letzten Betriebsausflug, und noch bevor Maria überlegen kann, weshalb sie hier in der ehemaligen Hausmeisterwohnung einen tschechischen Biergarten sieht, greift Milica über den Tisch. Jetzt musst du vorsichtig trinken, du musst den Kaffee gut austrinken, aber es muss genügend Kaffeesatz in der Tasse bleiben, sonst kann ich die Zukunft nicht lesen. Die Zukunft lesen, fragt Maria. Ja, die Zukunft lesen, sagt Milica, das macht man so, du hast doch keine Angst davor, ich bin eine gute Zukunftsleserin, ich sehe genau, was kommt. Maria nickt und schiebt ihre Tasse in die Mitte des Tisches. Gut, sagt Milica, der Kaffeesatz darf nicht zu trocken sein und nicht zu flüssig. Nimm die Untertasse, stell sie auf die Tasse, dreh die Tasse um. Maria blickt nach jedem Schritt über den Tisch zu Milica, und als Milica zum dritten Mal nickt, stürzt Maria die Tasse.

Windig ist es heute, sagt Milica, und Maria sagt, das stimmt. Wenn der Wind weht, ziehen die Wolken schnell vorüber. Die Blätter fallen von den Bäumen, und die Vögel fliegen mit hoher Geschwindigkeit. Beobachtest du gern Vögel, fragt Milica. Manchmal, antwortet Maria, manche sind schön anzusehen. Ich mag die Amselmänner, die Amselmänner waren vor ein paar Jahren kaum mehr zu sehen, aber sie kommen langsam wieder zurück. Die Meisen sind mir zu klein und die Rotkehlchen zu schön, Wellensittiche, der Wellensittich ist mir zu auffällig. Weißt du, dass durch diese Wohnung früher Wellensittiche geflogen sind. Der Hausmeister hatte welche, Bubi und Hansi, Bubi flog immer frei, er schlief auf dem Kopf des Hausmeisters, wenn der Hausmeister sich mittags in den Lehnstuhl setzte und ihm die Augen zufielen, so erzählte es Herr Popovic, ich weiß nicht, ob es stimmt. Hansi war sehr schreckhaft. Als Bubi starb, kam der Hausmeister ohne Schachtel vom Tierarzt zurück. Als Hansi starb, sagte der Hausmeister: Jetzt fliegt noch einer mehr im Himmel herum. Hansi starb einen unglücklichen Tod, es ist besser, nicht darüber zu sprechen. Wohnungswellensittiche leben gefährlich, Fenster, Spiegel, Glasscheiben. Der Hausmeister sagte, nach einigen Kollisionen gewöhnt sich der Wellensittich daran, aber es ist nie auszuschließen, dass er sich das Genick bricht. Um einem Genickbruch vorzubeugen, zog der Hausmeister Gardinen vor die Fenster. Toiletten, Wassergläser, Badewannen, man muss darauf achten, dass die Vögel nicht ertrinken. Der Hausmeister sagte: Ich schließe nach jedem Toilettengang die Tür, aber auch dabei muss man aufpassen. Man muss aufpassen, dass der Wellensittich nicht auf der Tür sitzt. Pralle Sonne, trockene Heizungsluft, Zugluft, zu wenig Frischluft, ein Wellensittichkörper ist empfindlich, heiße Herdplatten, heiße Flüssigkeiten, Kerzen, offene Kamine, man muss gut aufpassen. Manche Wellensittiche mögen es, auf dem Fußboden spazieren zu gehen. Sie begeben sich damit in Gefahr, von Menschen übersehen zu werden. Hansi ging gern spazieren.

So, sagt Milica, die Zeit ist um, nimm deine Tasse, dreh sie um. Milica sagt: Man spricht nicht über den Tod, während man auf den Kaffeesatz wartet. Man spricht über unfähige Männer, über die viele Arbeit in der Küche, darüber, dass man genug davon hat, ständig in der Küche zu stehen. So macht man das, wir haben uns ein wenig falsch verhalten. Entschuldigung, sagt Maria. Ich werde jetzt in deine Zukunft sehen, sagt Milica und schaut in die Tasse. Man muss die Bilder deuten, sagt sie und schweigt dann lange.

Ich sehe Linien, einen Hund, ich sehe viele andere Figuren. Siehst du, hier sind zwei Linien, sagt Milica und rückt näher an Maria heran, es ist ganz eindeutig, siehst du es. Du hast zwei Wege, dein Partner nur einen. Ich wusste nicht, dass du einen Partner hast, du versteckst ihn gut, sagt Milica mit anderer Stimme. Otto, sagt Maria, er heißt Otto und ist viel unterwegs. Mhm, sagt Milica und spricht weiter. Dein Partner hat nur einen Weg, du hast zwei Wege, zwei Linien, beide werden am Ende gut. Geh es langsam an, es ist nicht gut, alles gleich zu wollen, du wirst bald etwas Neues beginnen, und es wird sehr gut. Aber, sagt Milica und legt ihre Hand auf Marias Oberschenkel, pass auf deinen Partner auf, seine Zukunft ist nicht so gut wie deine. Dein Partner wird kämpfen, kämpfen müssen. Ich hoffe, ich trete dir nicht zu nahe. Es kann sein, dass du einen Mann kennenlernst, in den du dich verliebst. Maria sitzt auf Milicas Couch und versucht sich unauffällig zu verhalten, sie versucht, so zu schauen wie zuvor, sie versucht, so zu sprechen wie zuvor, aber je mehr Maria versucht, so zu sein wie zuvor, umso auffälliger fühlt sie sich. Milica hebt die Tasse hoch, dreht sie, sagt: Es kann aber auch alles anders kommen. Und jetzt, jetzt drücken wir Wünsche. Such dir einen Finger aus, den Zeigefinger für Haus und Familie, den Mittelfinger für Arbeit, den Ringfinger für die Liebe, drück den Finger in den Kaffeesatz und wünsch dir was. Möchtest du noch Baklava. Nur die guten Wünsche gehen in Erfüllung.

Ich werde das Schlechte nicht mehr in mein Leben lassen, beschließt Maria, nachdem sie den Brief erneut gelesen hat. *Wir bedauern, Ihnen mitteilen zu müssen*, Maria faltet den Brief so lange, bis er sich nicht mehr falten lässt, bis er so klein ist, dass er in ihre geballte Hand passt. Sie lässt den Brief auf den Boden fallen, sie sieht, wie er aufkommt und zur Seite fällt. Ich habe vergessen, wie ich es machen soll. Maria überlegt, Veronika anzurufen, sie zu fragen: Wie oft soll ich den Satz sagen, wie bestelle ich richtig beim Universum, wie machst du das. Aber Maria erinnert sich an das Buch, das sie noch nicht zu Ende gelesen hat, und sie möchte Veronika nicht enttäuschen, möchte nicht, dass Veronika fragt, hast du das Buch schon gelesen, du weißt doch, was auf Seite einhundertdreizehn steht. Wenn du etwas wirklich möchtest, bekommst du es, hat Veronika an einem Montag gesagt, vielleicht bist du noch nicht bereit, vielleicht brauchst du noch Zeit, um zu dir zu finden. Vielleicht musst du durch diese schwere Zeit, um stark daraus hervorzugehen, das Leben gibt einem Prüfungen auf, und wenn man diese Prüfungen besteht, tritt man in eine neue Dimension ein, nur wenn man wirklich möchte, kann man die nächste Stufe erklimmen. Das Wort *erklimmen* betonte Veronika, dann ordnete sie die neuen Kleidungsstücke ein, die aus der Warensortierung gekommen waren. Schau, sagte sie, ein schöner Pelzmantel.

Von Prüfungen sprach Veronika, aber sie sagte nicht, welche Prüfungen sie bestanden hatte. Veronika sagte: Ich arbeite seit drei Jahren mit Bestellungen beim Universum. Wenn ich einen Parkplatz suche, bitte ich das Universum darum, und schon wird einer frei. Wenn ich einen Arzttermin habe, bitte ich das Universum, gesund zu sein, und ich bin gesund. Ich bestelle klar und deutlich, sage, dass der Wunsch zum Wohl aller Beteiligten sein soll, ich lasse meinen Wunsch los. Man muss negative Glaubenssätze neutralisieren. Wenn man im Hinterkopf denkt, ich bin schon zu alt, ich bin wertlos, dann wirkt das wie eine Rücknahme der Bestellung. Man muss schauen, was einen daran gehindert hat, zu glauben, dass es funktioniert, und man muss seine Wünsche positiv formulieren, sagte Veronika, das Universum versteht dich sonst nicht. Wenn ich mir keinen Krebs wünsche, bekomme ich Krebs, weil das Universum das Wort *kein* nicht versteht. Man muss sagen: Ich möchte gesund bleiben, nur so kommt die Botschaft an. Es ist ganz einfach, du musst dich an die Regeln halten. Warum hört das Universum nicht richtig zu, wollte Maria fragen. Sie sagte: Das erklärt Einiges.

Ich werde nur noch Gutes in mein Leben lassen, denkt Maria und schiebt den Vorhang zur Seite. Der alte Mann vom Haus gegenüber schaut aus dem

Fenster, und Maria hebt die Hand und winkt, aber sie ist nicht sicher, ob der Mann sie gesehen hat, weil er nicht zurückwinkt und weil der Mann immer winkt, wenn er jemanden im Haus gegenüber oder auf der Straße sieht. Und sind es Kinder, die er sieht, verschwindet er kurz und wirft wenig später Süßigkeiten vom Fenster auf die Straße hinunter. Den Zuckerlmann nennen die Kinder ihn, und manchmal schreien die Kinder, wenn der alte Mann schlecht zielt.

49 Rückwärts

Spring doch, sagte ich. Spring doch, bleib nicht sitzen.

48 Der Berater

Der Berater sagt: Frau Beerenberger, meine Kollegin ist in Karenz, es wird ein Mädchen, endlich ein Mädchen, aber was erzähle ich Ihnen. Frau Beerenberger, haben Sie nachgedacht. Frau Beerenberger, bitte schreiben Sie drei Bewerbungen pro Woche, ich gebe Ihnen fünf Stellenausschreibungen mit. Frau Beerenberger, können Sie sich vorstellen, in einer anderen Stadt, in einem anderen Bundesland zu arbeiten. Frau Beerenberger, wir sehen einander in einem Monat wieder, bis zum nächsten Mal möchte ich, dass Sie über die Möglichkeit einer Umschulung nachgedacht haben.

47 Die Zärtlichkeit der Bärenmädchen

Im Altersheim ist es ruhig, ist es dunkel, ist es warm. Ein kleiner Fernseher hängt in der rechten Ecke des Aufenthaltsraums, an ihm muss Maria vorüber, wenn sie zu Isolde möchte. Maria kommt spät, um halb fünf wird das Abendessen gebracht, ein paar Bewohnerinnen sitzen schon an ihren Tischen. Als sie Maria kommen sehen, wenden sie den Blick nicht von ihr ab, auch wenn sie ihnen lange entgegenschaut und grüßt. Die Alten im Aufenthaltsraum sind das Empfangskomitee, an ihnen muss vorbei, wer das Stockwerk betritt, denn der Aufzug führt direkt zu ihnen. Ihre Zimmer sind mit Fotos gekennzeichnet. Merkt man sich ein Gesicht länger als den Namen, fragte Maria die Pflegerin bei ihrem ersten Besuch. Wissen Sie, für uns ist es einfacher, antwortete die Pflegerin. Ich suche Frau Mayr, sagte Maria. Die sitzt doch dort hinten, sagte die Pflegerin. Isolde saß mit dem Rücken zum Aufzug und spielte mit ihren Zähnen, die ihr zu groß geworden waren. Maria versuchte, sich ihr so zu nähern, dass Isolde sie bemerken würde. Sie sagte, hallo, ich hoffe, ich störe nicht.

Hallo, ich hoffe, ich störe nicht, sagt Maria auch, als sie an diesem Augustdienstag Isoldes Zimmer betritt. So eine Freude, sagt Isolde und umarmt Maria, wer kommt denn da. Maria, antwortet Maria, hast du wieder die Bären umgestellt. Ja, sagt Isolde, sie schauen gern zum Fenster hinaus, aber nur, wenn die Sonne scheint. Hier scheint die Sonne gut, meine Bären, meine Bärenmädchen. Kein Mann dabei, fragt Maria. Nein, sagt Isolde, einen Mann brauchen wir hier nicht, sie streicht einem Bären über den Kopf. Setz dich doch, bitte, nimm Platz. Ich hoffe doch, dass ich bald wieder nach Hause kann, in meine Wohnung, ist alles in Ordnung, fragt Isolde und fährt über die Tischdecke. Es ist alles in Ordnung, sagt Maria. Ihr passt auf, du und dein Mann, sagt Isolde und bricht ab, fährt von der anderen Seite über die Tischdecke. Ja, sagt Maria, wir kümmern uns. Danke, sagt Isolde, sie kämmt ihr Haar. Darf ich das Fenster öffnen, fragt Maria und öffnet das Fenster, es ist ein schöner Tag. Gewiss, sagt Isolde, ich muss mich noch taufen, und geht zum Waschbecken, wo sie Wasser über ihre Arme laufen lässt. Schau, ein Flugzeug, sagt Maria, wie blau der Himmel heute ist. Morgen fahre ich in meine Wohnung, sagt Isolde, sie setzt die Bärenmädchen auf das Bett, deckt sie zu, erst dann schaut sie mit Maria aus dem Fenster. Ein Flugzeug zieht einen Strich nach sich. Isolde sagt: Wer immer zu Hause bleibt, entkommt der Welt nicht. Der Tag vergeht, das Licht verbrennt. Fangen wir wieder von hinten an.

Wie ist die Arbeit, fragt Isolde, als sie mit dem Finger die Sonne drei Mal umrundet hat. Wie geht es Frau Willert, fragt Isolde und schaut Maria an. Frau Willert, sagt sie, ist schon lange tot, du weißt doch, das war bei der Inventur. Isolde überlegt eine Weile, dann sagt sie: Stimmt, der ist das Herz gebrochen. Aber Herr Willert ist noch ganz, fragt sie, und Maria sagt, ja, Herrn Willert geht es gut. Er ist der Letzte, der am Abend das Geschäft verlässt. Er lässt sich das Arbeiten nicht nehmen, obwohl ihn sein Rücken schmerzt. Er erkundigt sich oft, wie es dir geht. Er würde sich freuen, wenn du ihn besuchen kommst. Gestern haben wir neue Ware bekommen, die neue Kollektion, diesen Herbst trägt man Lila in allen

Variationen, aber die Stoffe sind nicht mehr das, was sie früher waren, du würdest dich wundern. Isolde schaut geradeaus, lächelt. Entschuldigung, sagt Maria und steht auf. Die Fliesen im Bad sind blau und klein, der Boden grau, schwellenlos. Eine Wespe krabbelt am Boden, sie zieht ein weißes Haar hinter sich her. Maria hört ein Geräusch, während sie auf der Toilette sitzt, wahrscheinlich sucht Isolde etwas, denkt sie und spült hinunter, tritt kräftig auf die Wespe, ein zweites Mal, damit sie nicht mehr zuckt, ein drittes Mal zur Sicherheit. Dann bückt sie sich und wischt die Wespe vom Boden auf, der Rücken schmerzt. Isolde lebte bereits in der Wohnung gegenüber, als Maria und Walter in das Haus einzogen. Isolde kümmerte sich, sie warf die Prospekte weg, die Austräger vor die Wohnungstüren gelegt hatten, sie sammelte Alufolienreste für die Katze einer Nachbarin. Damit sie etwas zu spielen hat, sagte Isolde, wenn sie Alufolienklumpen vor Tür Nummer siebzehn legte. Isolde führte Liste über Geburtstage im Haus. Wenn es im Stockwerk etwas zu feiern gab, kaufte sie in der Confiserie Pralinen. Mochte einen Isolde, legte sie eine kleine Flasche Sekt bei. Maria bekam jedes Jahr Sekt, nur einmal nicht, da war Isolde erkrankt. Es war Isolde, die an einem warmen Frühlingstag gesagt hatte, Herr Willert sucht Personal, bewerben Sie sich doch, der Verdienst ist gut, das Arbeitsklima ist gut. Überlegen Sie, so eine Gelegenheit bietet sich nicht jeden Tag, und ich würde mich freuen, Sie als Kollegin zu haben.

Als Maria aus dem Bad kommt, steht Isolde vor dem offenen Kleiderschrank. Suchst du etwas, fragt Maria. Ich habe heute keinen Büstenhalter umgeschnallt, sagt Isolde, hast du einen. Ja, sagt Maria. Ich habe immer einen umgeschnallt, sagt Isolde, nur in der Nacht, da nicht. Ich soll dich lieb von allen grüßen, sagt Maria und atmet tief durch, besonders von Herrn Popovic, Herrn Willert und Walter. Pass gut auf dich auf, sagt Maria und küsst Isolde auf die Wange. Im Aufenthaltsraum läuft der Fernseher, ein Mann mit Hosenträgern mit Pferden darauf kommt Maria entgegen. Er schaut sie an, dann sagt er: Sie sind nicht von hier.

46 Die Hochzeit

Sie gestatten, fragt der Mann. Ja, sagt Maria. Das Kleid ist weiß, der Schleier ist weiß. Maria rückt ein Stück zur Seite. Wenn man einmal Ja gesagt hat, kommt man so schnell nicht mehr davon, sagt der Mann. Danke, ich habe ausreichend Platz, Sie brauchen nicht zu rutschen.

Maria sitzt auf der Bank vor der Kirche, die Marktfahrer haben ihre Stände aufgestellt, die Gastgärten füllen sich langsam. Das Kleid ist weiß, der Schleier ist weiß, die Schuhe sind weiß, als die Braut aus der Kirche tritt.

Ja, sagt der Mann, es verhält sich folgendermaßen. Wenn man einmal Ja gesagt hat, ist es schwierig, Nein zu sagen. Man sagt doch ständig Ja. Haben Sie schon einmal mitgezählt, wie oft täglich Sie das Wort *ja* verwenden. Ich habe mitgezählt, ich habe die Zahl vergessen. Es war eine erstaunliche Zahl. Es ist schwierig zu zählen, wie oft man ein Wort verwendet, weil man die genaue Zahl noch während des Zählens vergisst. Ich habe mehrere Tage gebraucht, um herauszufinden, wie oft ich Ja sage. Am ersten Tag vergaß ich schon mittags mitzuzählen, am zweiten Tag vergaß ich die Zahl, am dritten führte ich eine Strichliste. Um zu einem genauen Ergebnis zu kommen, müsste man über einen längeren Zeitraum Listen führen und den Durchschnitt ermitteln. Ich vermute allerdings, dass man das Wort dann nicht mehr unvoreingenommen benutzt. Ich vermute, dass ich öfter Ja sage, wenn ich meine Aufzeichnungen mache. Um zu einem unverfälschten Ergebnis zu kommen, müsste man eine Person über mehrere Wochen hinweg durchgehend beobachten, aber so, dass die Person nicht bemerkt, dass sie beobachtet wird, weil sonst das Ergebnis verfälscht würde. Hinzu kommt, dass es sehr unwahrscheinlich ist, dass sich eine Person über einen längeren Zeitraum ohne Unterbrechung beobachten lässt, hinzu kommt, dass man als Beobachter rund um die Uhr wach bleiben müsste, wenn man auch den Schlaf überwachen will. Bestimmt, man könnte zu elektronischen Hilfsmitteln greifen, man könnte die Personen mit Video überwachen, ein Tonbandgerät würde vermutlich auch genügen, aber woher weiß man dann, dass die Ergebnisse nicht manipuliert sind. Und selbst wenn es gelingen würde, eine Person lange und intensiv genug zu beobachten, weiß man nicht, wie oft man selbst das Wort *ja* verwendet, was ja der Ausgangspunkt der Überlegung war. Man müsste mehrere Personen über einen längeren Zeitraum intensiv beobachten, daraus einen durchschnittlichen Wert ermitteln, sich selbst einen Tag möglichst unvoreingenommen beobachten und entscheiden, ob man dem Mittelwert entspricht oder nicht. Oder, vielleicht: Man könnte ein Tonbandgerät so lange am Körper tragen, bis man es nicht mehr bemerkt, bis man das Wort *ja* vollkommen unvoreingenommen benutzt. Ja, das wäre eine Möglichkeit, das wäre eine sehr gute Möglichkeit, auch für Langzeitstudien, das ist eine gute Idee, vielen Dank, dass Sie mich darauf gebracht haben. Gern geschehen, sagt Maria.

Der Bräutigam wartet vor der Kirche, er wirkt betrunken. Nächste Woche, denkt Maria, nächste Woche werde ich nicht hier sitzen. Ich werde aufstehen, ich werde zum Amt fahren. Sehen Sie, sagt der Mann, die Braut friert in ihrem dünnen Kleid, ich würde nicht so wenig anziehen. Ja, sagt Maria, haben Sie über das Wort *ich* schon nachgedacht. Die Braut richtet ihren Schleier, der Bräutigam legt für ein Foto seinen Arm um sie. Ja, darüber habe ich nachgedacht, sagt der Mann, aber das würde meine Überlegungen durcheinanderbringen. Der Wortgebrauch ist von Person zu Person sehr verschieden. Der Bräutigam hebt den Arm, ruft einen Trinkspruch. Die Braut schweigt. Maria schweigt und überlegt, was sie nächste Woche machen wird. Das war doch eine gute Chance, hat die Schwester am Telefon gesagt, was ist passiert. Und Maria hat gesagt: Bitte, erzähl Manfred nicht davon. Der Mann schweigt. Die Tauben gurren. Dann steht der Mann auf und gratuliert dem Bräutigam. Von Herzen, sagt er, ja, ich gratuliere Ihnen von Herzen.

45 Von vorn

Als die Tür hinter ihr zufällt, denkt Maria: Alles beginnt von vorn, am Ende der Anfang, das Ende, der Anfang, man kann es sehen, wie man möchte, Veronika würde es als Anfang sehen. Veronika, die häufig lacht und nie schlecht riecht. Maria steckt das Buch in ihre Handtasche. Das Buch hat ihr Veronika gegeben, sie hat gesagt: Ich brauche es nicht mehr, ich kenne es auswendig, es hilft dir bestimmt. Alles beginnt von vorn, denkt Maria und zieht den Reißverschluss ihrer Handtasche zu. Ich werde übernächste Woche wieder der Beraterin gegenübersitzen, vielleicht wird sie ihre Haare geschnitten haben. Ich könnte ihre neue Frisur bemerken, ich könnte sagen, Sie sehen gut aus, was sie unter Umständen freuen würde. Sie wird in die Tastatur tippen, während ich ihre Fragen beantworte. Wie war es im Söb, wird sie fragen, Söb wird sie sagen und nicht Sozialökonomischer Betrieb, weil sie weiß, dass ich die Abkürzung kenne, dass ich den zweiten Arbeitsmarkt kenne, dass ich sechs Monate am zweiten Arbeitsmarkt gewesen bin und es nicht in den ersten geschafft habe, dass ich wieder hier bin, auf der anderen Seite ihres Schreibtisches, gleich hinter dem Foto, das ich noch nie von vorn gesehen habe. Gut, werde ich sagen, es hat mir sehr gut gefallen, ich bin sehr froh, diese Möglichkeit bekommen zu haben. Ich habe Kleidung verkauft, die andere Menschen weggegeben haben, weil sie ihnen nicht gepasst, vielleicht auch, weil sie ihnen nicht mehr gefallen hat, das haben wir nicht kontrolliert, es spielt auch keine Rolle. Die Kunden waren sehr still, sie stellten wenig Fragen. Einmal wollte ein Mann einen Pelzmantel kaufen, keinen für Männer, einen für Frauen, er hat ihn anprobiert, stellen Sie sich vor, er hat ihn anprobiert und dann nicht gekauft, weil wir ihm nicht sagen konnten, welche Frau ihn zuvor getragen hatte. War es eine schöne Frau, wollte er wissen, warum musste sie sich von diesem Mantel trennen, friert sie jetzt. Er hat den Mantel nicht gekauft, aber ein Paar Handschuhe, von dem Veronika ihm versicherte, sie seien handgestrickt. Es hat mir gut gefallen, ich hatte nette Kolleginnen, wir haben viel gelacht, und Veronika, aber da werde ich nicht weitererzählen, weil die Zeit der Beraterin, weil die Beraterin auch andere Termine, andere Kundinnen hat, und deshalb werde ich schweigen, bis sie sagt: Frau Beerenberger, es freut mich, dass es Ihnen gefallen hat, und jetzt überlegen wir weiter.

Und wenn die Beraterin wieder verhindert ist, denkt Maria, als sie an der Änderungsschneiderei vorübergeht, was dann. Wenn der Berater mir gegenübersitzt, wenn er fragt, Frau Beerenberger, wie hat es Ihnen gefallen. Wenn er nach meiner Antwort sagt, Frau Beerenberger, wenn er seufzt, eine Pause macht, fragt: Was machen wir mit Ihnen, und hinter dem Bildschirm verschwindet, wenn ich das Tippen höre, das meiner Antwort auf seine Frage, ob sich etwas geändert hat, folgt. Nein, meine Adresse hat sich nicht geändert, ja, der Personenstand ist nach wie vor verwitwet, ja, die Telefonnummer stimmt. Wenn es danach wieder still ist, wenn er sagt: Was machen wir jetzt, Sie waren doch schon bei mir, Sie kennen meinen Ansatz. Ich werde mit den Achseln zucken, ich werde nicht sagen: Überlegen Sie sich doch etwas, das ist nicht mein Beruf, ich würde an Ihrer Stelle nichts Beiges tragen. Dann werde ich nicht mehr hingehen, beschließt Maria, dann gehe ich nicht mehr hin.

Wenn die rumänische Familie singt, steht die Tochter vor den Eltern und Musik kommt aus dem Kassettenrekorder, der hinter der Familie an die Hausmauer gelehnt ist, weil die Pflastersteine uneben sind und der Kassettenrekorder nicht umfallen soll, weil die Familie ihr Singen nicht unterbrechen möchte, was sie tun müsste, wenn der Kassettenrekorder umfiele und die Hintergrundmusik dumpf klänge, weil der Kassettenrekorder so umgefallen wäre, dass er mit der Rückseite nach oben am Boden liegt. Die Tochter reicht ihrer Mutter bis zum Bauch, sie trägt eine rote Jacke. Auf einer Schachtel mit Münzen ist ein Karton befestigt, darauf steht: *Bitte.* Die rumänische Familie singt, und Maria wartet auf der anderen Straßenseite auf den Bus. Sie steht aufrecht. Ich komme aus der Arbeit, würde sie sagen, würde sie jemand fragen, was sie hier macht. Wo arbeiten Sie, könnte er oder sie weiter fragen, worauf Maria antworten würde: In einer kleinen Boutique, ich hatte heute meinen ersten Arbeitstag. Maria würde nicht von einem Transitarbeitsplatz, von einem Sozialökonomischen Betrieb sprechen. Sie würde schnell fragen: Was machen Sie hier, wohnen Sie in der Gegend. Die Straße ist feucht vom Regen, die Sonne trocknet den Asphalt. Autos fahren vorbei, sie überqueren die Kreuzung, und schaltet die Ampel auf Rot, halten sie. Die Menschen in den Autos bewegen ihre Lippen, wenn sie zu zweit, manche auch, wenn sie allein sind. Wer müde ist, hat kleine Augen. Wer gut gelaunt ist, lacht. Maria steht an der Bushaltestelle und hält sich am Henkel ihrer Tasche fest. Sie blickt den anderen Wartenden in die Gesichter und versucht zu erkennen, wie ihr Tag war. Die Tasche hängt über Marias linker Schulter, die Tasche hängt immer links. Ein Rucksack wäre gesünder, denkt Maria an manchen Tagen, wenn der Rücken schmerzt, wenn sie die Schultern nach unten drückt und die Verspannungen spürt. Ein Rucksack wäre gesünder, aber eine Frau trägt keinen Rucksack. Eine Frau trägt immer eine passende Handtasche, eine Frau kann niemals genügend Handtaschen besitzen, sagte Herr Willert, wenn er Kundinnen in die Handtaschenabteilung führte, greifen Sie, wie fein das Leder ist. Der Bus ist verspätet, eine Tafel zeigt die Minuten an, die Familie singt und Maria wartet. Wie lange willst du noch warten, denkt Maria, worauf warten Sie.

Ein Mann geht an der Bushaltestelle auf und ab, er stützt sich auf Krücken und schleift sein rechtes Bein nach. Seine Kleidung ist abgetragen, er faltet die Hände, er bittet um Geld. Das Bushaltestellenwartehaus ist aus Glas, in der rechten Ecke hängt ein Busfahrplan, auf der Bank davor sitzt niemand. Der Mann kramt in seinen Taschen, er holt einen Tablettenblister hervor, aus dem er eine Tablette drückt, die zu Boden fällt. Die Tablette ist blau, und der Asphalt ist nass. Der Mann bückt sich umständlich, er stützt sich rechts mit den Krücken ab und versucht mit der linken Hand den Boden zu erreichen. Nachdem ihm das gelungen ist, richtet er sich wieder auf, wischt die Tablette mit den Fingern ab. Ein Kind an der Hand einer Frau sieht dem Mann dabei zu. Er sieht das Kind, er dreht sich um und steckt die Tablette in den Mund.

Ich warte auf den Bus, denkt Maria. Das würde ich sagen, wenn jemand fragen würde. Ich warte auf den Bus, das Leben ist ein ständiges Warten. Nein, das würde ich nicht sagen, nein. Kommt der Bus schon, würde ich fragen, sehen Sie ihn kommen. Ich vertraue der Anzeigetafel nicht, die Minuten vergehen anders, manchmal langsam, manchmal viel zu schnell. Die Busse sind doch niemals pünktlich. Wie denn auch, wie soll ein Bus auf die Minute genau einfahren, es sind doch auch Autos auf der Straße, manchmal mehr, manchmal weniger, und wenn es viele sind, kommt der Bus langsam voran. Gewiss, das ist alles berechnet, gewiss, jemand hat einen Plan aufgestellt, aber ich glaube nicht an Pläne.

43 Das Schöne

Das Schöne am Verkleiden ist, dass es manchmal niemandem auffällt, denkt Maria, als sie auf der Straße einem schwarzen Hund begegnet, der weiße Flügel trägt.

42 Die Letzte macht das Licht aus

Es gibt verschiedene Arten von Lichtschaltern. Es gibt einfache, es gibt zweigeteilte, es gibt beige, weiße, braune, schwarze, es gibt solche, die in der Mitte einen Knopf zum Drehen haben, mit dem sich das Licht dimmen lässt. Dimmt man das Licht, wird es dunkler und dunkler, bis es ganz verschwindet. Im Dunkeln verlieren die Gegenstände zunächst ihre Gestalt, bis sie wieder Umrisse annehmen. An manchen Tagen sitzt Maria im Wohnzimmer auf einem Sessel neben dem Lichtschalter und dreht an dem Knopf. Sie lässt es dunkel werden, wartet eine Weile, lässt es wieder hell werden, dann wieder dunkel, langsam, schnell, langsam. Sie achtet dabei darauf, dass die Rollläden geschlossen sind, damit sich die Nachbarn nicht sorgen, damit die Nachbarn nicht auf die Idee kommen, an ihre Tür zu klopfen, nachzusehen, wer mit dem Licht spielt, auch wenn es unwahrscheinlich wäre, dass die Nachbarn vermuten würden, es wäre jemand eingebrochen, wenn sie sehen würden, wie das Licht an- und ausgeht. Allerdings, sie könnten vermuten, ich wäre in Not, denkt Maria, und sie lächelt, wenn sie daran denkt, jemand vom Haus gegenüber würde an ihre Tür klopfen und fragen, ob sie in Not sei. Nein, würde Maria antworten, ich bin nicht in Not, ich spiele nur mit dem Licht. Danke, dass Sie sich sorgen, möchten Sie Kaffee. Ja, bitte, würde die Person vom Haus gegenüber antworten und Maria in die Küche folgen, es ist zwar schon spät, aber ich trinke gern Kaffee mit Ihnen. Setzen Sie sich, würde Maria sagen und einen Kaffeefilter aus der Packung nehmen, umweltfreundlich mit Sauerstoff gebleicht. Maria würde den Filter in die Kaffeemaschine legen, Kaffee hineinschütten, Wasser in den dafür vorgesehenen Behälter füllen, die Kaffeemaschine schließen, einschalten. Wie sind Sie denn in das Haus gekommen, würde Maria fragen, Sie haben nicht geläutet. Die Haustür stand offen, würde die Person vom Haus gegenüber sagen. Nein, würde Maria sagen. Doch, würde die Person vom Haus gegenüber sagen, der Keil war untergeschoben. Hmm, würde Maria sagen, und dann: Es ist gefährlich, wenn die Haustür offen steht, man weiß nicht, wer ins Haus gelangt, es könnten die Falschen sein. Haben Sie die Zeitung gelesen, würde die Person aus dem Haus gegenüber fragen. Diese Welt ist im Grunde doch schrecklich, verstehen Sie das alles noch. Verstehen Sie, was das für Sie bedeutet, Frau Beerenberger. Nein, würde Maria sagen, ich habe den Überblick verloren. Wissen Sie, was ein Schwankschwindel ist, würde Maria fragen. Ein Schwankschwindel ist ein Schwindel, der ohne Drehbewegung ausgelöst wird, ein Schwankschwindel ist ein Angstschwindel. Woher wissen Sie das, würde die Person vom Haus gegenüber fragen, arbeiten Sie im Gesundheitsbereich. Nein, würde Maria antworten, ich bin Textilverkäuferin. Ein interessanter Beruf, würde die Person vom Haus gegenüber sagen, Sie kennen sich bestimmt gut mit Kleidung aus. Ja, würde Maria sagen, ich habe gelernt, welche Eigenschaften bestimmte Stoffe haben. Ich habe gelernt, wie verschiedene Kleidungsstücke gewaschen werden. Ich habe gelernt zu beraten. Wo arbeiten Sie, würde die Person vom Haus gegenüber fragen.

An diesem Montag sitzt Maria die alte Frau aus dem dritten Stock gegenüber, die ihre Vorhänge bereits am Nachmittag zuzieht und alle zwei Monate die Fenster putzt. Sie putzt ihre Fenster sehr ordentlich, sie wischt selbst die Fensterbretter ab, die sie niemals sieht, die auch die Nachbarn nicht sehen, weil niemand so nahe an die Fenster im dritten Stock kommt, außer die Tauben, denkt Maria, und die haben keine Augen für geputzte Fensterbretter. Gefährlich wird es, wenn die Frau aus dem dritten Stock die Außenflächen der Oberlichten putzt, die sich nicht öffnen lassen. Dann steigt sie mit einem Fuß auf das äußere Fensterbrett, hält sich mit der rechten Hand am Rahmen fest und wischt mit der linken über das Glas. Der Vorgang dauert einige Minuten, Maria steht dann an ihrem Fenster, beobachtet die Frau, jederzeit bereit, zum Telefon zu laufen. Maria würde zuerst zum Telefon laufen und dann zu der gestürzten Frau hinunter, darüber hat sie lange nachgedacht. Weil der Frau wahrscheinlich ohnehin nicht mehr zu helfen wäre, würde Maria zuerst die Einsatzkräfte verständigen, sie würde, während sie hinaus auf die Straße läuft, hoffen, dass sie nicht die Einzige ist, dass bereits jemand neben der Frau kniet und das Genick schön gebrochen ist. Wenn Maria die Frau beim Fensterputzen beobachtet, denkt sie oft daran, ihren Erste-Hilfe-Kurs aufzufrischen. Ja, das sollte ich machen, sagt sie dann und wendet den Blick nicht von der Frau ab, aber wahrscheinlich wird ihr ohnehin nicht mehr zu helfen sein.

Die Personen vom Haus gegenüber wechseln einander ab in Marias Küche, wenn sie mit dem Licht spielt. Nur der Mann aus dem vierten Stock kommt Maria nicht in die Wohnung, der Mann, der auch im Dunkeln kein Licht macht und am Wochenende seine Unterhose zum Trocknen aus dem Fenster hängt. Weil ich Angst vor ihm habe, würde Maria sagen, würde sie jemand fragen, warum. Heute, würde Maria sagen, heute gibt es doch genügend Unterhosen, weshalb kauft der Mann aus dem vierten Stock keine, die hat doch schon Löcher. Und was trägt er, während seine Unterhose trocknet.

Wie lange Maria mit dem Licht spielt, hängt davon ab, wann sie an Walter denkt. Sobald Maria an Walter denkt, hört sie auf, das Licht zu dimmen. Weißt du, was das Strom verbraucht, sagte Walter, wenn Maria am Lichtschalter drehte, hör auf damit. Die Letzte macht das Licht aus, sagte Herr Willert, wenn sie abends aus dem Geschäft gingen, wenn alle Arbeit verrichtet war und der nächste Tag vor ihnen lag. Haben Sie an alle Lichter gedacht, auch an das Aufenthaltsraumlicht, sagte Herr Willert, wenn er die Tür abschloss und die Rollgitter hinunterzog, kurz bevor sie sich dann auf der Straße verabschiedeten. Herr Willert bog meistens nach zwei Metern in das Espresso ab, um ein *Feierabendglas* zu trinken, wie er sagte: Auf Wiedersehen, ich trinke noch ein Feierabendglas. Nach Begleitung fragte er nie, und an manchen Tagen klang das *Feierabendglas* nach *Feuerabendglas.* Herr Willert fragte nie nach Begleitung und niemand fragte, ob er begleitet werden wollte. Ins *Bistro Brigitte* kam er nur, wenn es etwas zu feiern gab, und dann war es seltsam, wenn er am Stammtisch saß und sagte, die nächste Runde geht auf mich, Frau Herta, bitte sehr. Maria nimmt die Zeitung, die auf ihrem Schoß liegt, sie hebt sie auf, sieht den Umschlag des Buches, das sie darunter versteckt hat, das sie zuvor aus der Kommode geholt hat. *Jeder Tag Arbeitslosigkeit kostet Sie Geld. Mit jedem Tag Arbeitslosigkeit verlieren Sie an Marktwert.* Als Maria an diesem Montag die zwei Sätze liest, ist sie seit einem Jahr und vier Monaten ohne Arbeit. Sie denkt: Erinnern Sie sich, erinnern Sie sich, und fährt mit ihren Zehenspitzen den Teppich auf und ab. Herr Willert wollte nicht begleitet werden, zumindest wirkte es so. *Wenn die 90 Tage zu Ende gehen und Sie noch keine neue Arbeit haben, dann lesen Sie das Kapitel Tag 91: Endzeit.* Herr Willert sagte, die Letzte macht das Licht aus, und Maria mochte es, wenn abends das Licht hinter ihr ausging. Wenn alles an seinem Platz war, wenn es still war und sie als Letzte die Boutique verließ. Wenn der Tag erledigt war. Es gibt solche Tage und solche, sagte Herr Willert, und am Ende des Tages ist immer der Tag vorbei.

Maria schlägt die Zeitung auf, sie liest: *Afrikanerin zersägt diesen Straßenbahnfahrer.* Sie sieht ein Bild von einem Mann im Unterhemd, ein Sektglas in der Hand, kein Lachen im Gesicht. Maria greift sich an den Kopf, sie liest nicht weiter, sie blättert um und schaut die Seite mit den Tierbildern an. Axel sucht ein Zuhause, Bonnie ist anfangs zurückhaltend, aber dann sehr liebesbedürftig. Maria schlägt die Seite mit Stellenanzeigen auf und schnell wieder zu. Sie sieht zum Fenster. Frau Beerenberger, Sie dürfen ruhig wütend sein, hört sie die alte Frau aus dem dritten Stock vom Haus gegenüber sagen, lassen Sie Ihrer Wut freien Lauf, ich merke doch, dass Sie nicht glücklich sind. Maria lehnt sich zurück. Weil ich ein einziges Mal Nein gesagt habe, hat er mich gesperrt. Ja, gesperrt, der Kollege meiner Beraterin, die auf Urlaub war und irgendwo in der Sonne lag, auf Urlaub oder krank, es macht keinen Unterschied. Was das bedeutet. Es bedeutet, dass mir nach Paragraph zehn für sechs Wochen das Arbeitslosengeld gestrichen wurde. Nein, ich lache nicht. Lache ich. Ich habe drei Eigenbewerbungen in der Woche verschickt, aber ich habe mich nicht um die Stelle in der Feinkost beworben. Und weil ich mich nicht beworben habe, bin ich für sechs Wochen gesperrt. Wissen Sie, ich habe gelernt, mit Stoffen umzugehen und nicht mit Wurst. Wissen Sie, wie es ist, drei Bewerbungen pro Woche zu schreiben und auf Briefe zu warten, auf Antworten zu warten, auf Einladungen. Mir macht das nichts. Nein, mir macht das wirklich nichts, ich bin nicht mehr wählerisch, wenn da steht: *Schuhverkäuferin*, dann schau ich mir das an, obwohl ich keine Schuhe verkaufen möchte. Alles ist eine Möglichkeit, aber Wurst, Wurst verkaufe ich nicht. Das werde ich meiner Beraterin sagen, wenn ich übermorgen wieder bei ihr sitze. Ob ich wütend auf Herrn Willert bin. Nein, ich verstehe ihn, Herr Willert ist ein guter Mann. Ob ich eine Wut auf seinen Sohn habe. Woher wissen Sie das. An manchen Tagen möchte ich ihm die Augen ausstechen, aber das sage ich nur so, ich wüsste nicht, wie man jemandem die Augen aussticht. Aber eine Wut habe ich auf ihn, ja, eine Wut. Nein, ich denke nicht, dass geputzte Fenster wichtig sind. Nein, ich denke nicht, dass mein Blick zu laut ist. Nein, ich habe keine Angst davor, was die Nachbarn denken, wenn sie meine ungeputzten Fensterbretter sehen. Die Menschen sollten mehr über sich selbst nachdenken, und Sie, Sie sollten besser aufpassen, Sie sind viel zu alt, um auf einem Fensterbrett zu stehen. Ja, Sie sind alt, und gefährlich wäre das auch, wenn Sie jünger wären.

41 Apfelschlangen

Du setzt das Messer oben an. Du setzt es dort an, wo der Apfel sich zu wölben beginnt. Du führst das Messer in Richtung Körper den Apfel entlang. Du achtest darauf, nur die Schale vom Apfel zu schneiden. Du achtest darauf, weil unter der Schale die Vitamine sitzen. Die Vitamine sind wichtig für den Körper, sagte die Tante. Zieh kleine Kreise. Je kleiner die Kreise, die du ziehst, desto länger wird die Schlange. Die Tante schnitt die längsten Apfelschalenschlangen. Iss keine Apfelkerne, von Apfelkernen wachsen Bäume im Bauch, hör auf damit, sagte sie. In der Küche der Tante roch es nach Rauch, an manchen Tagen mehr, an manchen weniger. Hartholz gibt mehr Wärme ab, sagte die Tante, wenn sie im Ofen Holz nachlegte, merk dir das. Zum Beheizen des Ofens kniete sie nieder, sie jammerte, wenn sie danach wieder aufstand, und hielt sich an der Stange fest, die am Ofen montiert war. An sonnigen Tagen durchbrachen Lichtstrahlen den Rauch in der Küche, an sonnigen Tagen stand der Rauch in der Küche, weil die Sonne auf den Kamin schien und der Rauch nicht entwich. Merk dir das, sagte die Tante, an Sonnentagen zieht der Ofen nicht, und Maria rieb ihre Augen, die brannten. Die Tante fluchte, wenn das Holz nicht Feuer fing, wenn das Feuer ausging, wenn sich das Feuer nicht nach ihren Vorstellungen verhielt. Brannte das Holz im Ofen, war es in der Küche der Tante heiß, die anderen Räume blieben kalt, immer kalt, im Sommer auch feucht. Gib Acht, dass das Feuer nicht ausgeht, sagte die Tante, wenn sie Maria allein in der Küche zurückließ. In der Küche der Tante roch es nach Rauch, und Marias Kleidung roch nach Rauch, wenn sie wieder zu Hause bei ihren Eltern war.

Ich setze das Messer oben an, spricht Maria in das Telefon. Dort, wo der Apfel sich zu wölben beginnt, das Messer muss klein sein und scharf. Du musst aufpassen mit den scharfen Messern, du musst gut aufpassen, dir nicht in den Finger zu schneiden. Sei vorsichtig und setze das Messer so weit oben an wie möglich. Ich führe das Messer in Richtung Körper den Apfel entlang. Ich rieche zuvor am Apfel, dort, wo der Stängel hervorkommt, aber das beeinflusst die Apfelschalenschlangenlänge nicht.

Ich ziehe kleine Kreise, und ich schneide wenig weg, weil es schade wäre, dem Apfel das Fruchtfleisch zu nehmen. Versuche am Anfang, langsam zu schneiden. Schneidest du zu schnell, reißt die Apfelschalenschlange leicht ab, dann hast du verloren. Die Kunst des Apfelschalenschneidens liegt darin, wie dünn die Apfelschale ist. Ich esse die Schale, nachdem ich sie vom Apfel geschnitten habe. Je kleiner die Kreise, die ich ziehe, desto länger wird die Schlange. Ich schäle Äpfel, wenn ich sie trockne, aber ich trockne nur noch selten Äpfel, weil es keine guten Äpfel mehr gibt. Es ist eine große Kunst, eine lange Apfelschalenschlange aus einem Apfel zu schneiden. Du kannst sie auch um die Ohren hängen, sind deine Haare noch kurz, dann müsste es funktionieren. Ich hänge keine Apfelschalenschlangen mehr um meine Ohren, ich bin zu alt dafür. Ich messe die Länge mit einem Faden. Je größer der Apfel, desto länger die Schlange, aber es kommt auch auf die Schnitttechnik an. Ich wünsche dir alles Gute für den Apfelschalenschlangenwettbewerb. Nein, ich habe noch nie einen Apfel mit dem Mund aus einer Schüssel voll Wasser geholt. Ja, das können wir machen, aber ich werde nicht gut sein. Ich schneide die Äpfel in kleine Stücke, ich schneide immer zum Körper hin, weil es sicherer ist, weil das Messer weniger leicht abrutscht. Ich schneide die Apfelstücke in eine Schüssel, das Gehäuse werfe ich weg. Manchmal esse ich die Apfelkerne, sie schmecken nach Marzipan. Ich denke nicht, dass davon Bäume im Magen wachsen, aber deine Mutter weiß es bestimmt besser. Ich trinke keinen Apfeltee. Ich habe keinen Apfelbaum. Ich lebe in einer Wohnung, da ist kein Platz für einen Baum. Eine Wohnung ist kein Haus, eine Wohnung sind mehrere Räume in einem Haus. In der Stadt gibt es viele Wohnungen. Ja, alle sind voll mit Menschen. Darf ich noch mit deiner Mutter sprechen. Warum nicht.

40 Zwischen den Bäumen

Wenn einem das Haustier im Kühlschrank gefriert, ist das eine unangenehme Situation. Von der Bank am Balkon aus kann Maria ihre Beine so ausstrecken, dass sie mit den Füßen bis zum Balkongeländer kommt. Sie trägt die mit Lammfell gefütterten Winterschuhe, und streckt Maria die Beine aus, spürt sie durch die Sohle das Geländer nicht, das sie im Sommer mit den Zehen umklammern kann. An einer Stelle blättert der Lack ab, darunter kommt der Rost hervor, im Sommer spielt Maria mit ihren Zehen, bis sich ein Stück Lack löst und zu Boden fällt. An sonnigen Wintertagen holt sie vom Wohnzimmer einen Polster, den sie auf die Bank legt, denn die Bank wäre sonst zu kalt, um darauf zu sitzen. An manchen Tagen vergisst Maria den Polster im Freien, dann wird er feucht über Nacht. *Unangenehm* ist das falsche Wort, denkt Maria und zieht ihre Beine an. Wenn einem das Haustier im Kühlschrank gefriert, hat man einen Tod zu verantworten. Ottos Schachtel ist kein Polster untergelegt, sie steht auf der Bank, wie sie bis zuletzt im Gemüsefach des Kühlschranks stand. Bis heute Morgen, als Maria den Kühlschrank öffnete und das Eis bemerkte, das sich auf der Rückwand des Kühlschranks gebildet hatte. Maria sieht hinüber zu Otto. Spring doch, sagt sie. Spring doch, bleib nicht sitzen. Aber Otto kann nicht springen, die Schachtel ist geschlossen. Maria hat die Schachtel dort hingestellt, wo die Sonne nie hinkommt, damit er nicht zu schnell auftaut, sie nimmt vorsichtig den Deckel ab. Dann wartet sie, es ist ein milder Wintertag. Schnee und Eis lösen sich von den Häusern und es tropft. Als würden die Häuser weinen, hat einmal eine gesagt, pass auf, dass dich das Eis nicht erschlägt.

Ich habe regelmäßig für ausreichend Luftzufuhr gesorgt, denkt Maria, sein Darm war entleert, ich habe ihn gut vorbereitet. Ich habe die Schachtel mit Erde gefüllt, eine Schicht Moos und Laub darauf gelegt. Ich habe das Moos und Laub stets feucht gehalten, feucht, aber nicht nass. Ich habe für ausreichend Luftzufuhr gesorgt. Maria sieht hinüber zu Otto. Sie möchte sitzen bleiben, bis der Frost von seiner Oberseite verschwunden ist und sich die Blätter von der Unterseite lösen. Dieses Mal wird er nicht zusammenzucken, wenn ich ihn berühre, denkt Maria und lächelt. Sie fährt mit dem Finger über Otto, ohne ihn zu streifen. Wie sie über den Kater im Hof strich, wenn er zum Gemüsebeet kam. Vom Kopf über den Rücken, zwei Zentimeter Abstand von seinem Körper, das mochte der Kater, dann schnurrte er mit offenem Mund. Berührungen mochte er nicht. Wenn er berührt wurde, legte der Kater die Ohren zurück, beizeiten biss er sich in der Hand, die ihn streichelte, fest. Der Kater war herrenlos, wie Walter sagte, aber Isolde stellte ihm täglich eine Schale Trockenfutter vor die Tür. Der herrenlose Kater wurde dicker als die Katzen vom Haus, denen er die Ohren einriss, wenn sie sein Revier betraten. Ottos Schachtel steht dort, wo der Kater manchmal versuchte, über den Balkon in die Küche zu gelangen, bis Walter seinen Hausschuh nach ihm schmiss.

Ich habe für ausreichend Luftzufuhr gesorgt. Ich habe ihm Ruhe gelassen. Ich habe den Kühlschrank leise geöffnet. Ich habe mit einem Thermometer die Temperatur überwacht, fünf Grad, nicht mehr als acht Grad Celsius, bei Temperaturen über acht Grad wäre Otto erwacht. Der Frost auf Ottos Rücken beginnt sich zu lösen, seine Augen sind noch von einer weißen Schicht bedeckt. Hart ist sein Körper, aber Maria greift ihn nicht an. Maria sitzt neben Otto, sie sagt: Warten wir ab, man soll nichts unversucht lassen, jeder ist seines Glückes Schmied. Weißt du, erst vor kurzem war ein Mann im Fernsehen, ein wohlhabender, ein gut aussehender Mann, wohlhabende Männer wissen, wie man sich kleidet. Er hatte Krebs und die Ärzte sagten, der Krebs sei inoperabel. Sie operierten ihn trotzdem, der Mann ist gesund. Weil er an sich glaubte, sagte er im Fernsehen, das Wichtigste ist, an sich zu glauben. Das Leben gibt einem oft Prüfungen auf, und nur wer sie besteht, gewinnt. Das sagte er. Siehst du, wenn du aufwachst, wird noch Winter sein, aber der Frühling wird bald kommen. Du kannst bei mir bleiben, bis es warm genug ist. Ich werde dir im Vorzimmer einen Platz einrichten, ich werde für dich Fliegen fangen, ich werde dich gut versorgen. Und dann, dann werden wir zum Teich gehen. Ich werde dich tragen, für dich wäre der Weg zu weit. Du wirst neue Freunde finden, du wirst niemals alleine sein. Siehst du, der Frost löst sich schon. Ich werde einen Strumpf über deine Schachtel spannen müssen, damit du nicht herausspringst, damit du nicht verloren gehst im Schnee.

Maria erschrickt, als sie hört, dass jemand ein Fenster öffnet. Sie räuspert sich, steht auf, wischt mit der Hand den Schnee vom Balkongeländer. Der Fernseher läuft. Es ist kurz vor Mittag, bald kommen die Nachrichten. Zur vollen Stunde schlägt in Marias Wohnzimmer die Pendeluhr, einmal für jede Stunde. Maria schaltet den Fernseher ab, schiebt den Vorhang ein Stück zur Seite, schaut durch das Fenster auf die Straße. Menschen gehen vorüber, warm gekleidet, ein Schneebrocken löst sich und fällt einer Frau auf den Kopf. Maria hält sich die Hand vor den Mund, wartet ab, wie sich die Frau auf den Kopf greift, den Schnee von ihrer Kleidung putzt und weitergeht. Oje, sagt Maria und zieht den Vorhang zu. Sie geht hinüber in die Küche, wo der Kühlschrank offensteht und Wasser auf den Boden tropft. Nein, sagt Maria und legt ein Geschirrtuch unter, neben dem Herd findet sie eine Packung Suppe. Durch das Küchenfenster schaut Maria hinaus auf den Balkon, sie erinnert sich, dass sie einen Strumpf holen wollte. Im Schlafzimmerschrank ist die Kiste mit den Strumpfhosen, Maria nimmt eine braune, sie trägt sie nach draußen auf den Balkon, zieht sie über Ottos Schachtel, sodass die Strumpfhosenbeine nach vorne auf den Boden fallen. Danach geht sie schnell zurück in die Küche, ohne Otto anzusehen. Wie damals, als Maria noch das Auto hatte. In gefährlichen Situationen, etwa bei engen Gartentoren oder knappen Parklücken, schaute sie zuerst genau. Wenn sie nicht sicher war, ob der Abstand reichte, fuhr sie weiter, hielt die Luft an und schloss die Augen. Zurück in der Küche stellt Maria einen Topf Wasser auf die Herdplatte, sie wartet, bis das Wasser heiß genug ist. Maria hat keinen Hunger, aber sie wird trotzdem Suppe kochen und versuchen, sie zu essen. Wer nicht isst, wird nicht bezahlt, sagte Herr Willert manchmal. Wer zu viel isst, auch nicht, dachte Maria dann. Achten Sie auf sich, achten Sie auf Ihre Figur. Sie repräsentieren, Sie wissen doch.

Am frühen Nachmittag schüttelt Maria die Schachtel am Balkon. Otto ist nicht mehr festgefroren, sie berührt seinen Körper, er wird weicher, aber er bewegt sich nicht. Am mittleren Nachmittag schließt sich Maria im Badezimmer ein. Am späten Nachmittag streift sie ihren Wintermantel über, wickelt den Schal um den Hals, zieht ihre Handschuhe an. Sie holt Otto aus der Küche und legt ihn mit seiner Schachtel in eine große Tasche. Gehen wir, sagt sie, gehen wir, ich hoffe, ich habe nichts vergessen. Bevor Maria die Tür aufschließt, schaut sie in den Spiegel. Sie zupft an ihren Wangen, dass Farbe in ihr Gesicht kommt. Danach holt sie Puder, um die Stelle zu überdecken, danach fährt sie mit den Händen über ihr Gesicht, um überschüssigen Puder zu entfernen. Sie überlegt kurz, Otto zu fotografieren. Tote fotografiert man nicht, sagt sie. Gehen wir.

Gehen bedeutet, einen Schritt vor den anderen zu setzen. Maria stolpert über die Türschwelle, als sie die Wohnung verlässt. Wäre es Sommer, würde Maria der große Zeh schmerzen, aber es ist Winter, und Marias Schuhe sind gut gefüttert. Um rechtzeitig beim Teich zu sein, muss sie sich beeilen, am Rückweg wird es bereits dunkel sein. Maria hat einen Kugelschreiber eingesteckt, der gleichzeitig eine Taschenlampe ist, zur Sicherheit, weil man nie weiß, was kommt. Maria quert die Straße, geht vorbei am Supermarkt, wo der Straßenzeitungsverkäufer sie grüßt. Der Straßenzeitungsverkäufer wartet jeden Tag neben den Einkaufswägen, er repariert sie, wenn sich die Räder verklemmen, und bereitet sie für Frauen vor, indem er eine Münze einlegt und ihnen mit dem Einkaufswagen entgegenkommt. Maria zieht den Kopf ein, als sie den Straßenzeitungsverkäufer sieht, sie möchte nicht angesprochen werden, nicht gesehen werden. Der Straßenzeitungsverkäufer grüßt trotzdem. Hallo, sagt er, hallo, sagt Maria und wechselt die Straßenseite.

Zweimal links, einmal queren, rechts und dann immer geradeaus. Dort wo die Stadt in den kleinen Wald übergeht, stehen nur vereinzelt Einfamilienhäuser. Die Straßen sind nass vom Salz, das weiße Ränder auf Schuhen hinterlässt. Dort wo die Stadt in den Wald übergeht, wird die Straße zu einem Feldweg. Maria muss ihre Schritte verlangsamen, sie geht vorsichtig, damit sie nicht ausrutscht und fällt. Wenn das Licht durch den Wald bricht, glitzert der Schnee. Es war sehr schön mit dir, sagt Maria, weißt du, ich mochte dich. Ich werde die Kühlschrankproduzenten anrufen. Ich werde schreien, ich werde schreien: Sie haben meine teuren Lebensmittel ruiniert, ich möchte vollen Kostenersatz. Ich hatte einen Gast eingeladen, werde ich schreien, einen Gast, den ich sehr gerne mochte, dem ich den schönsten Aufenthalt bereiten wollte. Sie haben mein Leben ruiniert. Ich wollte, dass der Gast lange bleibt, ich wollte, dass es ihm gut geht, und dann ist er gegangen, ist er gestorben, ja, so werde ich es sagen. Wie stirbt man von einer defekten Temperaturregelung im Kühlschrank, wird die Stimme am anderen

Ende der Leitung vielleicht fragen. Und ich werde schreien: Wie können Sie so etwas fragen. Sie haben ein Leben zerstört, und jetzt liegt Otto im Wald unter dem Schnee. Dann werde ich auflegen, meine Hände werden zittern, ich werde auflegen, weil ich keinen Schadenersatz einklagen kann. Weil es keinen Schadenersatz gibt, weil der Kühlschrank siebzehn Jahre alt ist. Siebzehn Jahre, würde die Stimme am anderen Ende der Leitung sagen, siebzehn Jahre, und da wundern Sie sich, wenn Ihnen so etwas passiert.

An der Wegkreuzung biegt Maria rechts ab, hier ist schon lange niemand gegangen, sie stapft durch den Schnee, langsam, der Schnee rutscht in ihre Schuhe, sie flucht. Der Teich liegt hinter den Bäumen versteckt. Maria geht noch langsamer als zuvor, da unten sind deine Freunde, sagt sie und stellt die Tasche ab, nimmt die Schachtel heraus. Entschuldige, Otto. Maria faltet die Hände, sie hat schon lange nicht mehr gebetet, aber sie weiß, was zu tun ist. *Vater unser im Himmel, geheiligt werde dein Name. Dein Reich komme. Dein Wille geschehe, wie im Himmel so auf Erden. Unser tägliches Brot gib uns heute. Und vergib uns unsere Schuld, wie auch wir vergeben unsern Schuldigern. Und führe uns nicht in Versuchung, sondern erlöse uns von dem Bösen. Gegrüßet seist du, Maria, voll der Gnade, der Herr ist mit dir. Du bist gebenedeit unter den Frauen, und gebenedeit ist die Frucht deines Leibes, Jesus. Heilige Maria, Mutter Got-*

tes, bitte für uns Sünder jetzt und in der Stunde unseres Todes. O Herr, gib ihm und allen Verstorbenen die ewige Ruhe. Und das ewige Licht leuchte ihnen. Lass sie ruhen in Frieden. Amen. Wenn Maria die Worte des Vorbeters spricht, tritt sie zwei Schritte nach links, wenn sie die Worte der Kirchengemeinde spricht, stellt sie sich wieder zurück auf ihren Platz. Maria macht ein Kreuzzeichen, den Vater auf die Stirn, den Sohn auf den Bauchnabel, den Heiligen Geist auf die linke Brust. Dann beginnt sie zu graben. Sie zieht die Handschuhe aus, legt sie in die Tasche, schaufelt mit den bloßen Händen den Schnee weg, aber sie kommt nicht weit, weil der Schnee gefroren ist. Maria schlägt mit den Fäusten auf das Eis und hört schnell wieder auf, weil es weh tut. An zwei Fingerknöcheln werden ihr blaue Flecken bleiben, die sich grün verfärben, gelb, und dann verschwinden werden. Achtung, sagt Maria und öffnet die Schachtel. Otto hat sich von den Blättern gelöst, sein Körper ist weich geworden, seine Hinterbeine sind ausgestreckt. Maria kippt ihn in das Loch, unter Laub liegt Otto im Schneeloch, und Maria ist zufrieden, bis sie bemerkt, dass Otto mit dem Rücken nach unten liegt. Sollte er wieder aufwachen, denkt sie, ist es gewiss nicht gut, wenn er nach oben schaut, er würde zu wenig Kraft haben, sich umzudrehen. Maria hockt eine Weile vor Otto und überlegt, wie sie ihn am besten angreift. Dann nimmt sie ihn links an den Beinen, zieht ihn hoch, lässt ihn fallen, zieht ihn an den Beinen in die Mitte des Lochs, sie streicht mit dem Zeigefinger über seinen

Körper, sagt: Entschuldige, schüttet ihn zu mit Laub und dann mit Schnee, bis die Stelle eben ist. Eben, aber nicht glatt, wie die Schneedecke um den Teich. Sie werden dich finden, sie werden dich ausgraben, nein, das möchte ich nicht, ich möchte alles richtig machen, flüstert Maria. Sie geht ein paar Schritte zur Seite, wo sie zuerst eine kleine Schneekugel formt, die sie über die Schneedecke rollt, nach vor und wieder zurück, dorthin, wo sie ihre Tasche abgestellt hat, damit sie sich erinnert, wo Otto liegt. Sie formt zwei weitere Kugeln und stellt sie übereinander. Die Schneekugeln sind schwer, und Marias Rücken schmerzt beim Heben und danach. In die oberste Kugel steckt sie Zweige, die sie einem Baum abbricht. Das größte Stück kommt in die Mitte, zwei kleinere Zweigstücke links und rechts darüber. Maria überlegt eine Weile, dann drückt sie ein kleines Zweigstück unten in die Kugel. Augen, Nase, Mund, sagt sie, Otto ist gesund. Danach nimmt sie zwei größere Äste, die neben dem Baum auf dem Boden liegen, und sticht sie dem Schneemann in die Seiten.

Piccoloflaschen haben keine Korken. Sie knallen nicht, wenn sie geöffnet werden. Sie rauchen kurz und verhalten sich dann schnell unauffällig. Maria gießt Sekt in das Bleikristallglas. In eines der guten Gläser, wie Walter sie nannte. Die guten Gläser werden nur an besonderen Tagen benutzt, die Hochzeitsgläser, fünf Stück, weil eines zu Bruch ging, als es Silvester neunzehnachtundachtzig jemand fallen ließ. Wer, das konnte nicht festgestellt werden, das Sektglas lag gebrochen in der Küche, und jemand sagte: Schade um das gute Glas. Der Sekt schäumt, als Maria ihn eingießt, sie gießt zu viel ein und muss schnell hinuntertrinken. Es ist noch Sekt übriggeblieben, Maria steckt einen Löffel in die Flasche und stellt sie zurück in den Kühlschrank. Sie sieht Ottos Schachtel, sie sieht die Zweige darauf und den Strohstern, sie sagt: Die Heiligen Drei Könige sind vorbei, und nimmt die Weihnachtsdekoration ab. Dann schließt sie den Kühlschrank wieder, geht hinüber ins Wohnzimmer, sie macht Musik an. Sie hört: *Mit sechzehn sagte ich still, ich will, will groß sein, will siegen, will froh sein, nie lügen, mit sechzehn sagte ich still, ich will, will alles oder nichts.* Sie singt: *Für mich soll's rote Rosen regnen, mir sollten sämtliche Wunder begegnen. Das Glück sollte sich sanft verhalten, es sollte mein Schicksal mit Liebe verwalten.* Maria stellt das Glas ab, bewegt die Arme, dreht sich im Kreis, so lange bis das

Lied zu Ende ist. Danach ist ihr schwindlig. Sie setzt sich und trinkt ihr Glas aus. Mit den Händen trinken nur die Menschen, denkt Maria, und wie wäre es, wenn mir die Hände fehlten, wie wäre es, mit der Zunge zu trinken. Es wäre schwierig, denkt sie und klemmt das Glas zwischen ihre Zähne. Sie denkt, Geburtstage muss man feiern, wie sie fallen, und legt den Kopf nach hinten. Am nächsten Tag wird sie Kopfschmerzen haben.

38 Funkenschläge

Wenn der Wind geht, fliegen die Vögel schnell, wenn der Wind über Wiesen streicht und dabei Muster legt. Im Winter weht der Wind den Schnee davon, das Eis bleibt liegen, darunter das Gras, darunter die Erde. Was ist unter der Erde, fragt das Kind an Marias Hand. Der Erdkern, antwortet Maria. Ist der Erdkern wie ein Apfelkern, fragt das Kind, wachsen aus dem Erdkern neue Erden. Ich weiß es nicht, sagt Maria, der Erdkern ist sehr heiß und er ist weit entfernt.

Kannst du mit dem Kind spazieren gehen, fragt Marias kleine Schwester einmal im Jahr, und Maria zieht ihre Schuhe an, weil die Frage keine Frage ist. Sie streift den Mantel über, sie wickelt den Schal um den Hals, sie hilft dem Kind in die Stiefel. Wenn Maria das Kind an der Hand mit nach draußen nimmt, Handschuh in Handschuh, wenn sie für das Kind in den Himmel deutet, wenn sie sagt: Siehst du es kommen, dort hinter der Wolke, schließt Marias kleine Schwester im Haus die Wohnzimmertür. Sie schmückt den Christbaum, sie legt Geschenke aus, sie deckt den Tisch. An den Fenstern hängen Strohsterne, die von rotem Garn zusammengehalten werden, Engel stehen neben dem Fernseher, die Krippe ist mit Moos bedeckt. Die Wohnzimmertür wird verschlossen sein, wenn Maria mit dem Kind nach Hause kommt, sie wird es bis zum Abend bleiben, bis die Schwester mit der goldenen Glocke läutet, und die Christbaumkerzen werden brennen, wenn Maria die Tür öffnet, und die Geschenke nach Namen sortiert auf Stapeln liegen. Der größte Stapel wird dem Kind gehören. Du machst keine Umstände, wird die Schwester im Laufe des Abends mehrere Male sagen, weil Maria zuvor gesagt hat: Ich möchte keine Umstände machen, ich möchte das nicht, es ist mir unangenehm.

Zu Weihnachten isst die Familie Bratwürste. Weihnachten ist das schrecklichste Fest im Jahr, sagt Maria, wenn ihre kleine Schwester Mitte November am Telefon fragt: Du kommst doch wieder zu uns. Maria, hörst du mich, du kommst doch. Manfred freut sich, das Kind freut sich. Was wäre Weihnachten ohne dich. Maria atmet dann ins Telefon, sie sagt eine Weile nichts. Du brauchst gar nicht zu überlegen, was machst du sonst. Ich könnte zu Hause einen gemütlichen Abend verbringen, denkt Maria dann, ich könnte im Bett liegen, ich würde ein paar Gläser Wein trinken, ich könnte fernsehen. Weißt du, ich überlege noch, sagt Maria ins Telefon, vielen Dank für die Einladung. Du brauchst nicht zu überlegen, Weihnachten feiert man nicht alleine, sagt die Schwester, du kommst zu uns. Wir holen dich vom Bahnhof ab, ich hoffe, du schaffst es dieses Jahr schon früher. Das Kind wünscht sich eine Blockflöte. Bitte bring keine Kekse, ich werde genug gebacken haben.

Am Bahnhof steht dann Manfred, er sagt: Sie muss noch Kekse backen. Er nimmt Maria die Tasche ab, sie umarmen einander kurz, Maria streicht über seinen Rücken, während Manfred auf Marias Rücken klopft. Vorsichtig, sagt Maria, du weißt, die Bandscheiben. Entschuldige, sagt Manfred. Der Bahnhof ist klein, der Zug hält auf dem zweiten Gleis, die Fahrgäste müssen das erste Gleis überqueren, um auf den Bahnsteig zu gelangen. Es liegt Schnee und Maria setzt ihre Schritte vorsichtig. Ich parke dort hinten, wir müssen schnell sein, der Wagen steht im Halteverbot, sagt Manfred und geht los. Maria ist zuerst zwei Schritte hinter ihm, holt ihn aber schnell ein. Sie steckt ihre Hände in die Manteltaschen, nimmt sie dann aber heraus, um sich abstützen zu können, falls sie stürzt. Sie sagt: Ich habe meine Handschuhe vergessen. Manfred sagt: Wir leihen dir welche. Sie fragt: Seit wann gibt es die Pizzeria nicht mehr. Der Bahnhofsitaliener hat vor einem halben Jahr geschlossen. Wer will schon am Bahnhof Pizza essen, antwortet Manfred. Als er das Auto startet, stellt er das Radio leiser. Mich stört es nicht, sagt Maria. Aber mich, antwortet Manfred, ich möchte keine Nachrichten hören. Schön, dass du gekommen bist, das Kind freut sich und deine Schwester auch. Am Berg zum Haus hinauf darf das Auto nicht zu langsam werden, erklärt Manfred jedes Jahr, sonst bleibt es hängen, wir müssen Schwung nehmen, eins, zwei, drei, los. Wenn Manfred gut gelaunt ist, zieht er in der Kurve die Handbremse, und Maria sucht jedes Mal nach dem Haltegriff über dem Fenster. Wie deine Schwester, sagt Manfred dann. Das Auto hat eine Sitzheizung, die Maria nach unten dreht. Ist das nicht ungesund, hatte sie beim ersten Mal gefragt. Für Männer, sagte Manfred, bei Frauen kann es da nichts haben. Die Lichterketten auf dem Haus werden von Jahr zu Jahr mehr, in diesem Jahr hängt vom Badezimmerfenster im ersten Stock ein Weihnachtsmann. Er hängt auf einer Strickleiter, auf dem Rücken ein goldener Sack, er schaut beim Fenster hinein. Nein, sagt Maria, als sie den Weihnachtsmann sieht, und schlägt mit der Hand auf ihre Stirn. Doch, sagt Manfred, doch.

Ein Kuss auf die Wange, ein Kuss auf den Mund. Mit einem Kuss begrüßt das Kind Maria. Groß bist du geworden, sagt Maria jedes Mal, nachdem sie das Kind gekküsst hat. Von der Schwester wird Maria umarmt, auch von dem Kind, das sich an ihr Bein klammert und es eine Weile nicht loslassen wird. Komm herein, sagt die Schwester, du wirst müde sein. Es ist kurz vor Mittag und in der Küche läuft Weihnachtsmusik, Kekse stehen auf dem Tisch, aber niemand darf sie essen, erst am Abend, sagt die Schwester, aber am Abend werden sie alle satt sein und niemand wird Kekse wollen. Die Kekse werden jedes Jahr hart. Maria holt aus ihrer Tasche eine weitere Dose, das wäre doch nicht nötig gewesen, sagt die Schwester. Darf ich in deine Tasche schauen, fragt das Kind. Nein, auf keinen Fall, sagt Maria, und sie zieht den Reißverschluss fest zu. Im Haus riecht es nach Reinigungsmittel. Lass uns essen, sagt die Schwester, und nach dem Mittagessen wollt ihr beide bestimmt eine Runde spazieren gehen. Maria nimmt auf der Bank neben dem Kind Platz. Gib die Füße runter, sagt die Schwester zu dem Kind, und Maria richtet sich auf, versucht, ordentlich zu sitzen. Manfred, ruft die Schwester, komm, wir essen. Als Manfred kommt, glitzert er im Gesicht. Die Schwester wischt ihm den Glitzer von der Wange: Bist du bei den Christbaumkugeln gewesen. Das Kind lacht, Maria isst Suppe und möchte nicht daran denken, woran sie denkt.

Wenn Maria mit dem Kind die Siedlung umrundet, sind sie bald bei dem ersten Feld angekommen. Das Kind erzählt Geschichten zu den Nachbarn, auch dieses Jahr, einige kennt Maria bereits. Wie die von dem Nachbarn im Haus gegenüber, der den Kindern Geldscheine zusteckt, wenn sie vor seinem Haus Federball spielen, die hat das Kind bereits im Vorjahr erzählt. Dass vier Häuser weiter eine Hexe wohnt, die mit den Stacheln ihrer Gartenhecke Kinder vergiftet, ist Maria neu, sie wechseln die Straßenseite, als sie sich dem Haus nähern. Wir müssen leise sein, sonst wecken wir sie, sie hat eine große Warze im Gesicht, sagt das Kind. An vielen Häusern baumeln Weihnachtsmänner von den Fenstern, in einem Vorgarten steht ein Rentierschlitten, den Maria und das Kind lange betrachten. Im Dunkeln ist er schöner, sagt das Kind, da leuchten die Lichter. Am Abend werden wir nicht draußen sein, sagt Maria, da besucht uns das Christkind, da müssen wir zu Hause bleiben. Warum, fragt das Kind. Weil uns das Christkind sonst nicht findet, sagt Maria. Dort wohnt meine Freundin Stefanie, sagt das Kind, sie hat viele Stofftiere. Wir haben ihnen Namen gegeben, aber ich habe sie vergessen. Fängst du auch schon an, Dinge zu vergessen, sagt Maria, gib gut acht, irgendwann ist alles weg. Bist du morgen schon wieder weg, fragt das Kind. Ja, antwortet Maria, morgen fahre ich nach Hause, aber das ist noch eine Weile hin. Möchtest du einen Schneemann bauen, ich habe zwei Augen, eine Nase und einen Mund eingesteckt, einen Ast für die Arme finden wir bestimmt.

Wo seid ihr so lange gewesen, fragt die Schwester, als Maria die Haustür aufmacht, ich wollte euch schon suchen kommen, zieht euch um, Maria, hilfst du der Kleinen, ich habe das Kleid schon bereitgelegt. Die Schwester streicht ihrer Tochter über den Kopf, jetzt kommt das Christkind, geh in dein Zimmer, Maria ist gleich bei dir. Ich finde die Glocke nicht, sagt die Schwester, als das Kind die Treppe zu seinem Zimmer hinaufläuft, wie soll das Christkind ohne Glocke kommen. Ich habe sie, sagt Manfred, als er aus dem Keller kommt, sie war dort, wo sie immer ist. Gut, sagt die Schwester, es geht gleich los.

Am Heiligen Abend verschwindet die Schwester vor der Bescherung im Schlafzimmer, sie zieht ein dunkelrotes Kleid an, das Weihnachtskleid, sie schminkt sich, sie schreit: Manfred, so können wir keine Bescherung machen, zieh dich um, woraufhin Manfred ins Schlafzimmer verschwindet, ein Hemd anzieht und eine Krawatte umbindet. Die Krawatte hat Manfred bereits vorgebunden, er muss nur den Knoten fest nach oben ziehen. Wenn Herr Willert wüsste, denkt Maria dann. Manfred bekommt von Maria keine Krawatten geschenkt; weil es schade darum wäre, denkt sie.

Wenn sie dann vor dem Christbaum stehen und singen, faltet Maria die Hände, warum, das weiß sie nicht. Sie schaut auf die Christbaumkerzen, die brennen, sie schaut auf das Kind, das singt, und wartet auf den Moment, wenn das Singen vorüber ist und alle sich räuspern. Die Familie singt nur einmal im Jahr gemeinsam, Manfred singt leise mit, ganz leise, manchmal bewegt er nur die Lippen, was auffällt und die Schwester aufblicken und böse schauen lässt. Die Geschenke liegen einstweilen vor ihnen, ungeöffnet, und Maria überlegt, welches sie zuerst aufmachen wird. Der Stapel des Kindes wächst von Jahr zu Jahr, das Kind packt zuerst das größte Geschenk aus und arbeitet sich dann durch. Vorsichtig, sagt die Schwester, wir wollen das Papier auch nächstes Jahr verwenden, leg es dort hin. Wenn die Geschenke ausgepackt sind und die Kerzen gelöscht, wird das Essen aufgetragen. Manfred nimmt Platz, daneben die Schwester, gegenüber das Kind, Maria sitzt neben dem Kind, das Kind hat die ihm liebsten Geschenke bei sich liegen. Räum die Geschenke weg, wir essen jetzt, sagt die Mutter. Man muss klare Regeln aufstellen, sagt Manfred, heute ist Weihnachten, sagt die Schwester. Zu Weihnachten trinken Maria, die Schwester und Manfred Rotwein, später Schnaps, das Kind trinkt Coca-Cola. Der Christbaum steht in einer Ecke des Wohnzimmers, es ist ein kleiner lichter Baum auf einem Tisch, der Tisch ist mit einem weißen Leintuch abgedeckt. Die Christbaumkugeln sind rot, dazwischen hängen Strohsterne, auch ein Engel und Schokolade, die Schokolade hält nicht lange. Gegen einundzwanzig Uhr setzt sich Manfred mit einem Glas Wein auf das Sofa und schaut seine Geschenke an. Er würde gern fernsehen, aber das ist Weihnachten verboten. Vorher sagt Manfred: Maria, hast du immer noch nichts gefunden, so schwierig kann das doch nicht sein. Marias Schwester stößt ihren Mann in die Seite, er verschüttet Rotwein, er sagt lauter: Du darfst nicht empfindlich sein, du musst dich der Realität stellen. Das kann doch nicht sein, wie lange suchst du jetzt schon. Wer bezahlt das denn, wir bezahlen das, und wenn wir immer nur bezahlen, wird es irgendwann zu Weihnachten für unsere Kinder keine Geschenke mehr geben. Keine Geschenke, fragt das Kind, das am Boden spielt. Nein, du bekommst immer Geschenke, sagt die Mutter, und dann: Manfred, hast du dein Geschenk schon aufgemacht. Schau, dort hinten liegt es. Maria, hilfst du mir bitte. Sie tragen das Geschirr in die Küche, die Schwester sagt: Sei nicht so empfindlich.

Am Küchentisch stehen die Kekse, die Platte ist umwickelt mit Frischhaltefolie. Maria reißt die Folie auf und trägt die Kekse hinaus, Herzen, Sterne und Tannenbäume. Möchtest du welche, sagt sie zu Manfred. Nein danke, ich habe genug gegessen, antwortet er. Ich stell sie trotzdem hier ab, sagt Maria und isst einen Stern. Wir haben doch schon genug gegessen, sagt Manfred, ich kann nicht mehr.

Das Kind atmet tief, als Maria vorsichtig die Tür öffnet. Im Kinderzimmer steht das Gästebett, es quietscht, wenn Maria sich hinlegt, es ist eines dieser aufklappbaren Betten, und Maria fürchtet jedes Jahr, dass es zusammenklappt, während sie darauf schläft. Das Bett ist bereits gemacht, und sie schüttelt vorsichtig die Bettdecke auf, wie sie es immer macht. Die Bettdecke schlägt Funken. Davon wird Maria am nächsten Tag beim Frühstück erzählen, wenn sie es nicht vergisst, die Sperre und den Berater wird sie auch morgen nicht erwähnen. Statische Aufladung, wird Manfred sagen und in sein Butterbrot beißen. Schön war es trotzdem, wird Maria sagen und in ihren Kaffee blasen. Statische Aufladung, wird Manfred sagen, und wenn das Kind in der Nähe ist, wird es fragen, was das ist. Jetzt liegt Maria in dem kleinen Bett, denkt an Funkenschläge und an Otto, es ist nach Mitternacht. Maria hat auf seine Schachtel im Kühlschrank zwei Tannenzweige gelegt und einen Strohstern. Von Otto wird sie beim Frühstück nicht erzählen. Nur von Funken und dem Kind, das sie wieder viel zu zeitig geweckt haben wird. Wir sind schon lange wach, wird Maria sagen, wenn ihre Schwester im Nachthemd in die Küche kommt und Manfred ihr im Pyjama folgt. Sie wird wegsehen, wenn Manfred die Schwester küsst und ihr einen guten Morgen wünscht. Sie wird sagen: Meine Bettdecke hat Funken geschlagen. Nimm bitte Milch mit, die Butter steht schon auf dem Tisch.

37 Und jetzt

Die Bewerbungen haben Sie abgeschickt, das ist gut. Ich mache eine neue Suchanfrage, aber Sie wissen, dass es besonders im Textilbereich schwierig ist. Der Berater dreht den Bildschirm zur Seite, er sieht Maria an, er sagt: Können Sie sich vorstellen, in einer anderen Branche zu arbeiten, in einer Parfümerie zum Beispiel, im Lebensmittelhandel, in der Feinkost. Maria schüttelt heftig ihren Kopf, nein, sagt sie, ich möchte nicht im Lebensmittelhandel arbeiten, nicht mit Wurst. Ich weiß, sagt der Berater, die wenigsten möchten in den Lebensmittelbereich wechseln, aber Sie wissen, Frau Beerenberger, dass ich Ihnen auch eine Stelle als Reinigungskraft vermitteln kann. Wir müssen uns die Frage stellen, was Ihre Defizite sind. Die Erfahrung können wir ausschließen, gesundheitliche Probleme auch, bleibt nur noch das Alter, sagt der Berater und sieht Maria an. Maria erwidert seinen Blick, sie denkt: Ich habe weniger Falten als du und wische mir die Schuppen von den Schultern, wenn ich einen dunklen Pullover trage. Der Berater sagt: Es wird schwierig, ich möchte Ihnen nicht nahe treten, aber Sie sind über achtundvierzig, da ist es in allen Bereichen schwierig, und vor allem im Textilbereich haben Sie schlechte Chancen. Wenn meine Kollegin wieder zurück ist, sollten Sie mit ihr die Möglichkeit einer Umschulung besprechen, je länger Sie weg vom Markt sind, desto schwieriger wird es.

Maria nickt, sie denkt, warum gibt sie mir einen Termin, wenn sie nicht hier ist. Der Mann trägt Schnauzer und eine Brille, wie sie vor zwanzig Jahren in Mode war. Er füllt den Bürosessel besser aus als die Beraterin, denkt Maria, sie fragt: Und jetzt. Ich werde Ihnen ein paar Stellen suchen, auf die Sie sich bewerben. Und bitte drei Eigenbewerbungen pro Woche, Sie müssen aktiv werden, Frau Beerenberger, sonst wird das nichts. Lösen Sie sich davon, im Textilbereich zu verkaufen. In einem Übergrößengeschäft hätten Sie unter Umständen noch Chancen, aber dafür sind Sie zu dünn. Ich weiß nicht, aber vielleicht gibt es eine andere Branche, die Sie schon immer interessiert hat.

Sängerin, denkt Maria, ich wollte Sängerin werden. Sie zuckt mit den Achseln, sie sagt: Ich werde nachdenken. Der Berater ist wieder hinter dem Bildschirm verschwunden. Sie besitzen kein Auto, oder. Nein, sagt Maria. Dann fällt ein Angebot weg, sagt der Berater, ich gebe Ihnen vier mit, plus drei Eigenbewerbungen pro Woche, ich schreibe das in den Betreuungsplan. Der Berater greift nach dem Stempel, er fragt, welcher Tag ist heute, und stellt das Datum ein, er drückt den Stempel sanft aufs Papier. Der Berater sitzt mit dem Rücken zum Fenster, es ist ein sonniger Tag, die Rollläden sind geschlossen, aber irgendwo fällt Licht durch, sodass am Schreibtisch des Beraters vier weiße Punkte in einer Linie entstehen. Was ist das, denkt Maria, sie sucht das Fenster ab, aber der Berater spricht nicht mehr, weswegen sie aufsteht. Sie sagt: Danke, und wartet eine Weile, aber der Berater erhebt sich nicht, und einem sitzenden Berater möchte Maria die Hand nicht entgegenstrecken. Auf Wiedersehen, sagt sie. Auf Wiedersehen, sagt er.

36 Raben oder Krähen

Nein, hier gehe ich nicht mehr vorbei, ich wechsle die Straßenseite. Man kann den Kopf zum Boden richten, so ist es gut. Wenn man den Kopf zum Boden richtet, sieht man besser, was auf dem Boden liegt. Wenn man auf oder in etwas tritt, ist es immer wieder unangenehm. Man muss die Schuhe putzen, die Schuhe müssen stets sauber sein, denn wenn die Schuhe schmutzig sind, ist alles verloren. Achten Sie auf Ihr Schuhwerk, sagte Herr Willert, manche Menschen blicken zuerst auf die Schuhe und dann ins Gesicht. Herr Willert trug Lederschuhe, immer passend zum Anzug, Halbschuhe, auch im Sommer, Winter wie Sommer dieselben Schuhe. Wenn einem Mann ein Schuhband reißt, ist das unerfreulich, sagte Herr Willert, und riss ihm ein Schuhband, ging er in sein Büro, wo er passende Ersatzschuhbänder im Schreibtisch aufbewahrte. Auf solche Situationen muss man vorbereitet sein, sagte Herr Willert. Nein, diese Straßenseite ist gut genug, man muss dort nicht vorübergehen. Und senkt man den Blick, sieht man besser, was auf dem Boden liegt. Man sieht nicht, was hinter dem Fenster ist, dort, auf der anderen Straßenseite, eingerahmt von Häkelgardinen.

Aus dem Drogeriemarkt riecht es nach Parfüm und Waschmittel, aber nur solange die Tür offensteht. Maria sieht eine Frau, die den Laden verlässt, es ist eine kleine Frau, sie trägt Toilettenpapier und hat dabei ihren Arm angewinkelt, weil die Packung Toilettenpapier sonst am Boden streifen würde. Manche Drogeriemärkte führen Toilettenpapier für kleine Menschen, der Tragegriff ist seitlich angebracht. Man braucht zwar mehr Platz, denkt Maria, aber kleine Menschen können Toilettenpapier nach Hause tragen, ohne ihre Arme heben zu müssen. Die Frau hat sich für Toilettenpapier mit Tragegriff oben entschieden, obwohl die Drogeriekette auch Toilettenpapier mit seitlichem Tragegriff führt. Warum, denkt Maria, und warum ist ein Hundewelpe auf der Packung abgebildet, was haben Hundewelpen mit Toilettenpapier zu tun. Maria reiht sich hinter der kleinen Frau auf der Straße ein, ihre Schritte klappern auf dem Asphalt. Maria sieht geradeaus, sie dreht sich nicht um, sie geht weiter, ohne hinüberzublicken. Dorthin, wo sie sitzen könnten, wo zumindest Frau Herta hinter dem Tresen wartet und raucht und Berti auf dem Fensterbrett steht. Kurz überlegt Maria, den Kopf zu heben, kurz nachzusehen, aber sie möchte nicht, dass sie jemanden erkennt und die Hand zum Gruß heben muss. Maria möchte nicht, dass ihr die Person zuwinkt, die sie zuvor erkannt haben würde, dass die Person ihr Zeichen gibt, die Straßenseite zu wechseln, dass sie gefragt wird: Maria, wo warst du so lange.

Maria geht schnell, mit der rechten Hand hält sie sich an der Tasche fest, sie zieht ihre Schultern hoch. Die Kirchenglocken läuten, als sie an der Apotheke vorübergeht, und sie überlegt, warum heute, an einem Freitag, um fünfzehn Uhr, die Kirchenglocken läuten. Ob sie einen Feiertag vergessen hat, ob jemand gestorben ist. Es stirbt doch ständig wer, aber eine Totenmesse um fünfzehn Uhr, denkt Maria, das ist seltsam, und schaut hinauf zur Spitze des Kirchturms, den sie am Ende der Straße sieht. Im *Bistro Brigitte* saßen Maria, Martha und Angelika jeden Mittwoch, zum Wochenteiler, wie sie sagten, es ist gut, wenn die Woche bald zu Ende ist. Im *Bistro Brigitte*, wo es nur zwei Sorten Wein gibt: rot oder weiß. Der Wochenteiler brachte das Wochenende näher, und das Wochenende mochten sie alle, Maria, Martha, Angelika. Am Wochenende verging der Sonntag viel zu schnell. Am Montag erzählten Martha und Angelika, was sie mit ihren Kindern erlebt hatten, an Samstagen wurden Wohnungen geputzt, an Sonntagen Zeitungen gelesen. Das Wochenende war von großer Bedeutung, für Martha und Angelika wird es immer noch so sein, denkt Maria, als sie das *Bistro*

Brigitte hinter sich gelassen hat, und sie überlegt, ob die beiden jetzt Vollzeit arbeiten.

Martha und Angelika blieben, sie riefen an: Maria, du wirst uns fehlen, du kommst doch weiterhin zum Wochenteiler. In den ersten Wochen fuhr Maria jeden Mittwoch mit dem Bus zum *Bistro Brigitte*, sie nahm von der Bushaltestelle einen Umweg, sodass sie nicht an der Boutique vorbeikam. An manchen Mittwochen saßen Martha und Angelika schon am Tisch rechts hinten in der Ecke, wo sie immer saßen, wo sie sitzen durften, denn nur Stammgästen war es erlaubt, am Tisch rechts hinten Platz zu nehmen, wo das *Reserviert*-Schild nie abgenommen wurde. Nur den Stammgästen und Berti, der allerdings lieber vom Fensterbrett auf die Straße hinaussah. Berti war breiter als lang, was wiederum mit dem Stammtisch und Herrn Nowak zu tun hatte, der dort zu Abend aß. Dann saß Berti gern auf der Stammtischbank, er gab Pfote, er schaute und schleckte Herrn Nowak über die Hand, wenn dieser sie ihm hinhielt. Als Berti krank wurde, stellte Herr Nowak im Bistro eine Spendenbüchse auf. Für Bertis Urne, sagte er und schnitt Berti das Fleisch in kleine Stücke, ich möchte nicht, dass Berti in die Tierverwertung kommt. Für Berti macht das doch keinen Unterschied, sagte Frau Herta, wir werden ihn einschläfern und dann beim Tierarzt lassen. Ich möchte, dass Berti eingeäschert wird, ich möchte, dass seine Urne hier am Fensterbrett steht, sagte Herr Nowak mit Tränen in den Augen. Das ist viel zu teuer, sagte Frau Herta, und was denken die

Gäste, wenn wir eine Urne am Fensterbrett stehen haben. Die Gäste, das bin ich, sagte Herr Nowak, und ich komme für die Kosten auf. Gut, sagte Frau Herta, aber ohne Gravur, unauffällig. Maria spendete, und Bertis Asche wurde in einer roten Keramikurne geliefert. Wie ein Aschenbecher, sagte Martha, als sie zum ersten Mal Bertis Urne am Fensterbrett stehen sah. Am Stammtisch wurde zu den Speisekarten ein Foto von Berti und Herrn Nowak gesteckt, das war die Bedingung, dass Herr Nowak weiterhin ins *Bistro Brigitte* kam. Manchmal fragte ein neuer Gast, wo der Hund von dem Foto sei. Frau Herta zeigte hinüber zum Fenster. Es ist schon eine Weile her, sagte sie dann gut gelaunt, um die Kundschaft nicht zu verschrecken. Bertis Urne stand auf dem Fensterbrett, sie wurde regelmäßig abgestaubt, und Herr Nowak wandte ihm den Rücken zu, wenn er aß.

In den ersten Monaten kam Maria noch regelmäßig zu den Treffen. Ich bin ganz müde von der Arbeit, sagte Martha einmal, hast du den Kunden mit der roten Brille heute gesehen, sagte Angelika, und Maria schwieg, bis sie gefragt wurde: Was machst du jetzt immer, wie geht es dir. Maria sagte, dass sie müde sei, dass sie die Erschöpfung im Rücken spüre. Wie das, sagte Martha, du hast doch frei, du kannst lange schlafen, du brauchst nicht um acht in der Boutique zu stehen, freu dich doch. Erzähl, was gibt es Neues, hast du Arbeit gefunden. Maria sagte: Weißt du, es ist schwierig, ich suche, aber ich bin zuversichtlich, es gibt viele Möglichkeiten. Wie läuft es bei euch, wie geht es Herrn Willert, steht er den ganzen Tag in der Boutique. Maria trank einen Schluck, und sie sah Angelikas Blick, der sagte: Du bist immer schon langsam gewesen. Niemand wird einfach so gekündigt, irgendetwas hat man falsch gemacht. Martha sagte, Herr Willert wacht noch jeden Tag über uns. Sein Sohn kommt jetzt öfter vorbei, wir hoffen, er wird die Boutique übernehmen. Er streitet es ab, aber du weißt, Herr Willert hat nicht mehr lange bis zur Pension, die Zeit läuft. Wir haben umgestellt, es sieht jetzt ganz anders aus, und du, du hast uns noch nie besucht. Weißt du, sagte Maria, ich habe viel zu tun, ich muss Arbeit finden, das nimmt viel Zeit in Anspruch, und Angelika schaute mit diesem Blick, der Maria ihren Kopf senken ließ. In die Tischplatte hatte Frau Herta eingravieren lassen: *Man nehme Phantasie und Überlegung, dazu Tatkraft mit ein wenig Frohsinn, einigen Durst und fange an.* Der Spruch war den Spielern gewidmet, Maria nahm die Speisekarte und legte sie darüber.

Rabe oder Krähe, was ist der Unterschied, denkt Maria, als sie an einer Krähe vorbeigeht, die in der Erde neben dem Gehsteig pickt. Einen Schritt vor den anderen setzt Maria, sie geht weiter geradeaus, als die Frau mit dem Toilettenpapier vor ihr links abbiegt. Im Oktober wird die Luft kälter, der Oktober bringt den Winter näher. Im Oktober kann es bereits zu erheblichen Kälteeinbrüchen kommen, sagte eine Stimme heute Morgen im Radio, es ist keine Seltenheit. Dieses Jahr hat Maria keine Pelargonien am Balkon, zum ersten Mal keine Blumen, weil sie nicht dazu kam, neue zu kaufen. Mittwoch fahre ich in den Gartenmarkt und kaufe Blumen, hatte Maria an einem Montag im Mai gedacht, dann vergingen die Tage. Wie die Tage vergehen, hatte Walter gesagt, wenn sie auf Urlaub waren und am See lagen, die Sonne auf sie niederschien. Als Maria im August auf ihrem Balkon ohne Blumen stand und ihr einfiel, dass Walter im Urlaub sagte, was sie jetzt dachte, wurde sie wütend. Ich bin nicht auf Urlaub, sagte sie und zog die Rollläden hinunter.

Maria beschloss an einem Dienstag, nicht mehr zu den Treffen zu gehen. Sie stand bei der Balkontür, sie blickte in den Hof, sie sagte, warum sollte ich. Das Telefon läutete am Abend, es läutete am nächsten Tag, aber Maria hob nicht ab. Sie nahm sich vor zurückzurufen, zu sagen: Es tut mir leid. Sie rief nicht zurück, sie löschte Marthas Telefonnummer, sie löschte Angelikas Telefonnummer. Sie wartete.

35 Dann und wann

Es liegt Schnee. Es liegt Schnee, der den Boden bedeckt. Ich sehe deine Schritte. Schritte, die bleiben, wenn sich der Fuß wieder vom Boden abhebt. Tanz mit mir Tango, sage ich und laufe deinen Spuren nach. Ich hole dich ein, ich sehe deinen breiten Rücken im Laternenlicht. Dein Rücken ist von einer Jacke bedeckt, dein Rücken ist eine braune Fläche aus Leder, Haut auf Haut. Du sagst: Was schaust du immer in den Himmel, Maria, dort siehst du nichts. Ich sage: Ich sehe die Wolken, ich sehe die Sonne, dann und wann ein Flugzeug, dann und wann ein Vogel, das genügt. Du drehst dich nicht um, ich bleibe zwei Schritte hinter dir. Dort, wo wir stehen, wird der Schnee stärker platt gedrückt als dort, wo wir nur darüber gehen. Der Schnee deckt alles zu, auch deine Spuren, sie werden verschwinden. Tanz mit mir Tango, sage ich, tanz mit mir. Warum flüsterst du, fragst du. Ich habe meine Stimme verloren, sage ich. Bist du krank, Maria, fragst du und greifst an meine Stirn, Maria, hast du dich erkältet im Schnee. Nein, sage ich, ich habe nur meine Stimme verloren, ich weiß nicht, wo sie ist. Die Tauben sitzen auf dem Rauchfang, sie haben ihre Köpfe unter die Flügel gesteckt. Tanzen wir jetzt, sage ich. Ich wünsche mir ein renoviertes böhmisches Schnallenorchester, sagst du. Was ist das, frage ich. Du drehst dich um, deine Lederjacke ist am Revers mit

Fell besetzt, ich streiche darüber. Biber, sagst du, das ist Biberfell.

Maria hält die Augen geschlossen. Das erste Bild des Tages wird verschwommen sein, bis sie über die Augen wischt und die Welt klarer wird. Eine Minute noch, denkt sie, es ist noch Zeit. Neunundfünfzig, achtundfünfzig, siebenundfünfzig. Bei dreiundvierzig schläft Maria ein, sie wird nachher nicht wissen, bei welcher Zahl. Das Bett hat in der Mitte einen Spalt, dort, wo die Matratzen einander berühren, aber nicht ineinander übergehen. Links liegt Maria, neben ihr das Fenster in der Wand, mit Blick auf den Innenhof, vom Bett aus ist das Gras nicht zu sehen, nur die Fichte. Im Bett ist es warm, Maria zieht die Decke über ihre Schultern, sie sucht den Wecker, als er läutet, sie drückt die Schlummerfunktion, sieben Minuten noch, denkt sie. Als einundzwanzig Minuten vergangen sind, entscheidet Maria, dass es ohnehin schon zu spät ist und dass sie noch liegen bleiben kann, so lange, bis eine volle Minuteneinheit erreicht ist. Wenn ich um zehn Uhr aufstehe, denkt sie, habe ich noch zwei Stunden bis zum Mittagessen. Ich werde eine halbe Stunde frühstücken, und wenn ich mich beim Frühstück beeile, fünfzehn Minuten frühstücke, fünfzehn Minuten im Bad, das Bad kann ich streichen, weil ich zu Hause bin, es ist genügend Zeit. Maria dreht sich auf den Rücken, weil es gesünder ist, auf dem Rücken zu liegen als auf dem Bauch. Sie zählt Sekunden, sie hört ein Hämmern aus einer der Nachbarwohnungen, sie dreht sich zur Seite, die Beine angewinkelt, die rechte Hand unter dem Kopf. Um elf Uhr eins läutet der Wecker seit drei Stunden, Maria hat ihn in ihrer Armbeuge liegen. Wie andere Menschen ein Stofftier, denkt sie, ein Stofftier, ein ganzer Mensch hat in einer Armbeuge keinen Platz; ein Kopf, ein Arm, eine Hand, ein Bein, ein Fuß, aber kein ganzer Mensch. Um elf Uhr eins riecht es aus der Nachbarwohnung nach Essen, es ist Donnerstag, und an Donnerstagen kocht Isolde Rindfleisch im Schnellkochtopf. Die Suppe friert sie ein, das Fleisch isst sie gleich, gemeinsam mit Frau Stefanie, die Isolde an Donnerstagen im Haushalt hilft. Frau Stefanie heißt Justyna, aber Frau Stefanie ist leichter zu merken, sagt Justyna, wenn sie sich vorstellt. Frau Stefanie bindet eine Schürze um, wenn sie Isoldes Wohnung putzt. Maria wird sie durch den Türspion beobachten, wenn sie um elf Uhr einundzwanzig aufsteht und nachsieht, ob sie die Tür öffnen und die Zeitung hereinholen kann. Die Zeitung, deren Probeabonnentin Maria derzeit ist. Fünf Wochen Abo plus aufblasbares Nackenhörnchen, das Nackenhörnchen liegt auf Marias Vorzimmerkommode. Wenn Maria durch den Türspion schaut, hält sie den Atem an, sie drückt ihren Bauch gegen die Tür und schiebt mit der linken Hand die Abdeckung zur Seite. Um elf Uhr zweiundzwanzig ist Frau Stefanie nicht mehr zu sehen, Maria sperrt ihre Wohnungstür leise auf, schaut noch einmal durch den Türspion, kniet danach in der Wohnung nieder, damit sie dann nur noch die Hand ausstrecken muss. Heute werde ich bei der Zeitung anrufen, ich werde bitten, die Zeitung mit der Post zuzustellen, ich werde sagen: Ich bin beruflich viel unterwegs, es ist mir zu unsicher, wenn die Zeitung vor der Wohnungstür liegt, Sie wissen, die Diebe, in unserem Haus wurde schon ein paar Mal eingebrochen. Sie stellen doch auch mit der Post zu, wenn nicht, werde ich das Probeabonnement keinesfalls verlängern. Wissen Sie, nicht alle Menschen können morgens die Zeitung von ihrer Fußmatte nehmen.

Das Rindfleisch wird zu Mittag gegessen, gekochtes Rindfleisch mit Spinat, Kartoffeln und Semmelkren. Die Suppe essen Isolde und Frau Stefanie als Vorspeise, aber sie können nicht so viel Suppe essen, der Rest wird in Joghurtbechern eingefroren. Ein Becher ist eine Portion, da braucht man nicht lange überlegen, wenn man das Tiefkühlgerät öffnet, sagte Isolde, wenn sie erzählte, wie man Rindsuppe am besten einfriert. Isolde besitzt ein Tiefkühlgerät mit drei Laden, eine für Fleisch, eine für Suppen, eine für Sonstiges. Das Tiefkühlgerät ist so groß wie der Kühlschrank und besser gefüllt. Isolde legt Wert darauf, Vorräte zu haben: Weil man nie weiß, wer kommt, weil man nie weiß, was kommt. Eine gute Rindsuppe muss Augen haben, sagte Isolde, wenn sie Maria zum Rindsuppeessen lud, und deutete mit dem Löffel auf das Fett, das sich an der Suppenoberfläche in Kreisen sammelte. Isolde kommt in letzter Zeit nur noch selten vor ihre Wohnungstür, und sieht sie Maria, redet sie schnell und viel, sie suche etwas, sagt Isolde an manchen Tagen, es habe jemand eingebrochen, ihr falsche Schuhe in das Schuhregal, abgelaufene Waren in den Kühlschrank gestellt. Einmal holte Isolde drei Gläser Essiggurken aus ihrer Küche, schau, sagte sie, so etwas kaufe ich nicht, da muss jemand in der Wohnung gewesen sein. Isolde stellte die Essiggurken zum Beweis auf ihre Vorzimmerkommode, sie rief die Hausverwaltung an und ließ die Schlösser tauschen. Pass gut auf, sagte sie zu Maria, die Zeiten werden schlecht, man weiß nie, wer in die Wohnung kommt. Es kostet wenig, einen Schlüssel nachmachen zu lassen, und dann, dann können sie immer wieder kommen, jeden Tag aufs Neue, es ist schrecklich. Solange sie nur Sachen in deine Wohnung stellen und nichts mitnehmen, sagte Maria und lachte, aber Isolde lachte nicht. Isolde hielt sich am Türrahmen und schüttelte den Kopf. Violett ist eine schöne Farbe, es steht dir gut, sagte Maria. Isolde strich über ihre Bluse. Danke, ich habe es auch sehr gern.

Um zwölf Uhr muss Maria frisch aussehen, dann könnte es sein, dass Frau Stefanie an der Wohnungstür läutet und zum Rindfleisch lädt, was an manchen Donnerstagen passiert, wenn Isolde bemerkt, dass Maria zu Hause ist. Maria isst schnell eine nackte Scheibe Brot. Von Luft allein lebt man nicht, sagte Walter, wenn Maria in seiner Gegenwart nackte Brotscheiben zum Frühstück aß. Von Luft und Liebe, antwortete Maria, ich habe zugenommen. Achten Sie auf Ihren Körper, sagte Herr Willert zu seinen Angestellten, vergessen Sie Ihr Aussehen nicht. Maria isst eine nackte Scheibe Brot, weil sie gestern nicht einkaufen gewesen ist. Außen beim Anschnitt ist das Brot hart, innen wird es weicher. Maria isst das Brot, danach erst trinkt sie Kaffee. Ich muss auf meine Figur achten, sagte Maria zu Walter, wenn er neben ihr Butter auf sein Brot strich. Wie du meinst, antwortete er und öffnete das Marmeladeglas.

Es ist elf Uhr zweiundvierzig, als Maria ihr Frühstück beendet. Sie hat noch achtzehn Minuten, bis Frau Stefanie fragen könnte: Möchten Sie zu uns kommen, wir haben Rindfleisch gekocht. Maria versucht, sich ruhig zu verhalten, sie lässt das Frühstücksgeschirr am Küchentisch stehen, sie wird es nachher wegräumen. Sie geht ins Bad, entscheidet, die Zähne nicht zu putzen, weil es gleich Rindfleisch geben könnte, weil Rindfleisch mit geputzten Zähnen schlecht schmeckt, im ersten Moment zumindest. Ein Moment ist ein Augenblick, der eine Weile dauert, denkt Maria und zieht ihr Nachthemd aus. Sie steht vor dem Spiegel, sie dreht sich zur Seite, sie drückt mit den Fingerspitzen ihren Bauch nach innen, sie zupft mit Daumen und Zeigefinger so lange an ihrem Bauch, bis die Haut gerötet ist. Eine gute Durchblutung strafft das Bindehautgewebe. Was gut durchblutet ist, stirbt nicht ab, sagte Marias Großmutter, wenn die Kinder mit roten Backen aus der Kälte kamen. An besonders kalten Wintertagen hatte Maria Angst, dass ihre Backen abfallen würden. Blödsinn, sagte die Großmutter, die Backen verliert man so schnell nicht. Die Großmutter sagte auch: Iss die Backen, die Backen schmecken beim Fisch am besten. Maria hebt die Kleidungsstücke vom Boden, die sie am Vorabend fallen gelassen hat. Sie riecht an ihnen, sie schüttelt sie, sie zieht sie an.

In der Küche öffnet Maria den Kühlschrank, sie nimmt das Gemüsefach heraus, hier müsste genügend Platz sein, sagt sie. Otto lebt im Herrgottswinkel in der Küchenecke. Der Herrgottswinkel war ungenutzt, Maria hatte das Kreuz und den Palmbuschen und das Foto von Walter vor drei Jahren in eine Schachtel gelegt, in den Keller getragen. In den Keller, wo jede Hauspartei ein eigenes Abteil hat, das jeder Hauspartei irgendwann zu klein wird, weshalb Vieles vor den Kellerabteilen steht. Zwischen Kellerabteil siebenundzwanzig und neunundzwanzig fand Maria das Aquarium, in dem jetzt Otto wohnt. Sie schleppte es in einer großen Schachtel, die sie mit einem Tuch abdeckte, in ihre Wohnung. Als sie das Aquarium aus der Schachtel nahm, war sie erleichtert, am Weg vom Keller hinauf niemanden getroffen zu haben. Sie tragen schwer, hätte Herr Seitz von Tür Nummer achtundzwanzig sagen können, soll ich Ihnen helfen. Nein, hätte Maria geantwortet, ich schaffe das, in der Boutique heben wir noch weit schwerer. Wissen Sie, ich habe im Stoffhandel gelernt, dort musste ich jeden Tag Stoffballen tragen. Wissen Sie, wie schwer solche Stoffballen sind, da ist das hier gar nichts, hätte Maria gesagt und gehofft, das Handtuch würde nicht verrutschen, damit Herr Seitz das Aquarium nicht sehen würde, das unter Umständen ihm gehörte. Ich sortiere den Weihnachtsschmuck, hätte Maria gesagt, wenn sie jemanden getroffen hätte, der zwischen Tür Nummer siebenundzwanzig und neunundzwanzig wohnt. Jetzt schon, bis Weihnachten ist noch eine Weile, hätte man ihr unter Umständen geantwortet, woraufhin Maria gesagt hätte: Man kann nicht früh genug beginnen, entschuldigen Sie, ich muss weiter, ich habe zwar viel Kraft, aber die Schachtel ist trotzdem schwer.

Viel Platz hast du nicht, sagt Maria, als sie Otto im Herrgottswinkel ansieht, bitte entschuldige, aber das Wichtigste im Leben ist nicht der Platz, den man hat, man kann auch mit wenig Platz gut leben. Das Wichtigste ist die Versorgung, dass sich jemand kümmert, das ist wichtig, findest du nicht. Otto schaut in Marias Richtung. Ich denke, ich habe Recht, sagt sie. Am Vorabend hat Maria beschlossen, Otto im Winter bei sich zu lassen. Es ist sicherer, sagt sie jetzt, als sie über das Glas des Aquariums streicht. Wir werden einen schönen Winter verbringen, im Sommer kannst du zu den anderen, aber jetzt, jetzt bist du noch zu schwach dafür. Otto hüpft ins Wasser, als Maria über das Glas streicht. Ich sehe dich trotzdem, sagt sie und klopft gegen die Scheibe, du entkommst mir nicht.

Eine Kaulquappe aufzuziehen ist einfach, aber auch wieder nicht, man muss viele Tode in Kauf nehmen, würde Maria sagen, würde sie mit jemandem über ihre Kaulquappenerfahrung sprechen. Aber Maria spricht nicht über Kaulquappen, weil es verboten ist, Kaulquappen zu fangen und in Gefangenschaft aufwachsen zu lassen. Das hat Maria in der Zeitung gelesen, und sie hat sich über das Wort *Gefangenschaft* geärgert. Als ob es ihnen im Wald besser gehen würde, dachte sie. Honiggläser sind größer als Marmeladegläser, Maria blickte sich im Wald um, kniete nieder und fischte mit dem Glas schnell durch die Kaulquappenmasse am Rand des Teiches. Ebenso schnell verschloss sie das Glas, das sie in ihre Tasche steckte. Erst zu Hause bemerkte sie, dass sie zwischen Glasrand und Deckel eine Kaulquappe eingequetscht hatte, was ihr leid tat, aber nicht mehr rückgängig zu machen war. Aus Fehlern lernt man, hatte Herr Willert gesagt, aber zu viele sollte man sich nicht erlauben. Maria ließ die tote Kaulquappe bei den anderen und schüttete alle zusammen in die Plastikschüssel, in der Walters Mutter den Semmelknödelteig zubereitet hatte, wenn sie auf Besuch war. Wenn Walters Eltern am Wochenende zu Besuch kamen, gab es Braten. Walters Mutter brachte dazu die Stoffwindeln mit, die Walter als Kind getragen hatte. Maria sagte, wir können doch herkömmliche Knödel essen. Nein, sagte Walters Mutter, Walter möchte Serviettenknödel, schau nicht so, die Windeln wurden ausgekocht.

Der erste Schub Kaulquappen starb, als Maria das Wasser zu spät wechselte, als es bereits stank. Maria schüttete das Wasser durch ein Sieb in die Badewanne, es war nicht einfach, sie wollte niemanden verletzen. Die lebendigen Kaulquappen zappelten, die toten bewegten sich nicht. Maria überlegte, dann entschied sie, zuerst alle gemeinsam in die Plastikschüssel zu geben, in der Walters Mutter den Krautsalat angerichtet hatte, wo sie dann die Lebenden von den Toten trennte. Um die Lebenden hinüber in die Serviettenknödelschüssel zu heben, holte Maria einen Löffel aus der Küche. Es ist schwierig, zappelnde Kaulquappen mit einem Löffel zu fangen. Nach einer Weile änderte Maria ihre Taktik und fischte die Toten heraus, was einfacher war.

Otto wird heute in den Kühlschrank kommen, das hat Maria gestern Abend beschlossen, als sie nach dem Kurs frierend nach Hause kam. Er braucht seinen Winterschlaf, man muss ihn artgerecht halten, dachte sie. Am Nachmittag hatte sie während der Kurseinheit im Internet nachgesehen, was zu tun sei. Sie hatte dazu zwei Seiten geöffnet, die eine mit den Stellenanzeigen, die andere mit Hinweisen zur Haltung von Fröschen. Es ist ein Notfall, dachte Maria und schloss die Seite, als der Trainer näher kam. *Modeberaterin. Sie haben Freude an der Beratung nicht stilsicherer Kunden bei der Auswahl ihrer Kleidung und ein Gespür für Kombinationsmöglichkeiten? Voraussetzungen: Erfahrung im Verkauf, selbstbewusstes Auftreten, stilsicher, flexibel, freundlich, teamfähig.*

Aufgaben: Verkauf. Ausbildung: Berufserfahrung im Handel und Verkauf. Eintrittsdatum: Ab sofort. Maria las, und sie überlegte, ob im Kühlschrank genügend Platz für Otto sei.

Um elf Uhr dreiundfünfzig sind es noch sieben Minuten, bis Frau Stefanie an der Tür läuten könnte. Frau Stefanie läutet nie zu früh. Maria streicht über die Aquarienwand. Wir werden zuerst langsam die Temperatur senken, sagt sie, du brauchst keine Angst zu haben. Das Gemüsefach aus dem Kühlschrank schiebt Maria auf dem Balkon unter die Gartenbank. Die Bank ist aus Plastik, weil Plastik nicht verrottet, wie Walter sagte, nachdem er auf der morschen Holzbank durchgebrochen war. Braunes Plastik, weil es Holz ähnlicher sieht und besser zu den braunen Bodenfliesen passt. Achten Sie auf Farbkombinationen, sagte Herr Willert, und achten Sie auf die Augen. Am Balkon stützt sich Maria mit den Unterarmen auf das Geländer, vorsichtig, weil sie fürchtet, es könnte nachgeben, und sie könnte in den Hof fallen. Es wäre nicht weit, denkt sie, aber Maria misstraut allen Geländern. Weil man nie weiß, wer sie montiert hat, wann sie locker werden, sagte Maria, wenn sie Walter schimpfte, der sich beim Rauchen mit dem Rücken an das Geländer lehnte, auch auf fremden Balkonen. Das Leben ist ein Hund, sagte Walter dann, es erwischt einen ohnehin, wenn man am wenigsten damit rechnet oder wenn man ihm zu lange in die Augen sieht. Das Leben ist ein Hund, und die Angst ist gefährlich.

Rechts hinten im Hof öffnet jemand ein Fenster, eine Amsel hüpft über die Wiese und fliegt auf, als Maria sich räuspert. Maria wischt über das Geländer, um beschäftigt zu wirken. Aus Isoldes Wohnung riecht es nach Rindsuppe, Maria hört, wie ein Staubsauger abgestellt wird, sie hört, wie die Balkontür neben ihr geöffnet wird, sie überlegt für einen Moment, zurück in die Wohnung zu gehen, aber sie bleibt stehen.

34 Geisterbahn

Hier, wo alles begann, denkt Maria, als sie den Gorilla ansieht. Hier, wo die Augen rot leuchten und die Stimmen düster sind. Wo du nicht weißt, wer dich berührt. Die Frau im Kassenhaus fragt: Möchten Sie die Welt der Geister erleben, sie sagt: Steigen Sie ein, steigen Sie ein, fürchten Sie sich. Nein, sagt Maria, danke, ich schaue nur. Schauen kostet nichts, sagt die Kassenfrau und wendet sich wieder ihrer Zeitung zu. Auf der Titelseite schüttelt ein Politiker einem anderen die Hand, Maria überlegt kurz, wie die beiden heißen, sie steckt ihre Hände in die Jackentasche, wo sie mit einer Kastanie spielt, die sie noch vom letzten Herbst mit sich trägt. Die Kastanie ist verschrumpelt, aber immer noch da, das Kind hat sie Maria geschenkt. Eine Zauberkastanie, hat das Kind gesagt und genickt, als Maria gefragt hat, ob sie denn auch Glück bringe. Jede Menge, hat das Kind gesagt. Die Fahrgäste lachen, wenn sie in den kleinen Wagen der Geisterbahn Platz nehmen, sie sitzen zu zweit nebeneinander, manche halten sich seitlich an der Verkleidung fest, andere an der Stange vor ihnen. Die Wagen sind klein, manche Fahrgäste haben Mühe, ihre Beine unterzubringen. Seid ihr bereit, fragt eine dunkle Stimme, bevor der Wagen losfährt, seid ihr bereit für die Geisterwelt. Die Stimme wartet keine Antwort ab, und der Gorilla hebt alle paar Sekunden langsam seinen Arm, bevor er dunkel zu lachen beginnt.

Wenn sich die Wagen in Bewegung setzen, fahren sie ruckartig an, die Fahrgäste fallen kurz nach vorne und halten sich dann an der Stange im Wageninneren fest, die Knie haben sie angewinkelt. Einige kreischen bald, weil der erste Geist sie erschreckt, ein Geisterbahnmitarbeiter wartet im Dunkeln gleich hinter dem Eingang und hält den Fahrgästen eine zottelige Maske dicht vor das Gesicht. Der Geisterbahnmitarbeiter hat seine Haare zu einem Zopf gebunden, der Zopf hängt ihm am Rücken hinab, der Mann wartet neben dem Eingang, wenn es nichts zu tun gibt. Weil er das Tageslicht sehen möchte, dachte Maria, als sie ihn zum ersten Mal aus der Geisterbahnwelt kommen sah; aber besser wäre es, er bliebe im Dunkeln. Das erste Mal ist immer ein großer Schritt, sagte Walter, als sie vor dem Kassenhaus warteten, er lachte, fürchtest du dich. Während ihrer ersten Geisterbahnfahrt hielt Maria die Augen geschlossen, sie hörte die Schreie, sie hörte die Gespensterstimmen, sie spürte das Ruckeln des Wagens und das aufblitzende Licht. Maria saß still im Wagen, und ab und zu öffnete sie die Augen einen Spalt.

Der Jahrmarkt gastiert im Frühling und im Herbst in der Stadt. Dann stehen die Männer am Fluss. Als ob sie etwas darin suchen würden, dachte Maria, als sie die Männer zum ersten Mal am Fluss stehen sah; als ob sie traurig wären. Die Männer stehen am Fluss, weil sie den Fluss den Toiletten vorziehen, dort, wo an Sommertagen die Jugendlichen sitzen. Das stellt das natürliche Gleichgewicht her, sagte Walter, wenn er das Bierzelt in Richtung Fluss verließ, die Fische mögen das und die Pflanzen wachsen besser. Fische, sagte Maria zu Walter und trank einen Schluck Bier, du meinst, darin leben Fische. Ja, sagte Walter, Ponys wohl nicht.

Der Fluss zieht langsam durch die Stadt, mattgrün, an manchen Tagen ist er grau. Der Fluss teilt die Stadt in zwei Hälften, er durchfließt sie in seinem Betonbett, das er verlässt, wenn er zu viel Wasser in sich trägt. Dann fließt das Wasser in die umliegenden Häuser, und zieht es sich zurück, bleibt der Schlamm. Der Fluss trägt die Schiffe dahin, fort, dorthin, wo ich nicht bin, wo ich nicht war, sagte Maria, und Walter sagte, Prinzessin, was redest du. Die Luft im Bierzelt war immer die gleiche, warm, feucht und gut verraucht. Walter und Maria trafen jedes Jahr in der Ecke rechts vorn die anderen, von dort hatten sie die Bühne gut im Blick, und die Tanzfläche war nicht weit. Maria sang zu ihren Lieblingsliedern, und wenn ihnen danach war, schunkelten Walter, Maria und die anderen. Die anderen waren Walters Arbeitskollegen, sie wechselten wie die Jahrmarktbekanntschaften an ihrer Seite, vor denen Rosen oder Stofftiere lagen, die ihnen die Männer zuvor geschossen hatten. *Aber einmal auch der helle Schein.* Hört ihr, wie schön meine Prinzessin singt, sagte Walter in manchen Jahren, er legte seinen Arm um Maria, er sagte: Prinzessin, sing für uns. Maria träumt davon, eine große Sängerin zu werden, sagte Walter, er lachte, und die anderen lachten, sie hoben ihre Bierkrüge, Maria, unsere große Sängerin, bitte sing für uns. *Manchmal greift man nach der ganzen Welt, manchmal meint man, dass der Glücksstern fällt.* Die Luft im Bierzelt war immer die gleiche. Jetzt ist sie anders, denkt Maria, als sie vor der Geisterbahn steht, jetzt, wo man zum Rauchen nach draußen geht, jetzt riecht man den Schweiß der anderen mehr.

Vom Bierzelt zur Geisterbahn sind es wenige Schritte, zum Ponykarussell ist es weiter, weil die Ponys Ruhe brauchen, wenn sie ihre Runden drehen und die Kinder auf dem Rücken tragen. Um das Ponykarussell stehen Eltern und Verwandte, die den Kindern zuwinken, die Ponys lassen die Köpfe hängen, auch wenn die Kinder ihnen mit den Beinen in die Seiten boxen. Nur für Zuckerstücke blicken sie auf. Maria möchte keine Kinder sehen, und das Ponykarussell wird abends geschlossen, wenn es dunkel wird und der Gorilla vor der Geisterbahn seine Arme hebt.

Fürchten Sie sich, fürchten Sie sich, sagt der Gorilla, treten Sie ein in die Welt der Geister. Die Frau im Kassenhaus liest Zeitung, sie hat ihre Lesebrille aufgesetzt, die an einem goldenen Band um ihren Hals hängt, wenn sie die Brille abnimmt. Ihre blonden Haare sind toupiert. Sie saß schon hier, denkt Maria, als alles begann, sie saß hier, und sie war damals schon alt. Die Fingernägel der Frau im Kassenhaus sind karminrot lackiert. Wer ein Ticket kauft, bekommt einen Jeton, der dem Geisterherrn ausgehändigt werden muss, sagt die Frau in dem Kassenhaus, wenn sie Fahrgästen den Jeton gibt. Ich wünsche eine gute Fahrt, das ist Ihre Fahrkarte, halten Sie bitte Ihre Kinder fest, dass sie nicht hinausspringen. Kinder unter vierzehn Jahren bezahlen den halben Eintritt. Das Kassenhaus ist hoch, Kinder gelangen nur auf Zehenspitzen hinauf, um Geld gegen Jetons zu tauschen.

Maria möchte die Fahrgäste sehen, wenn sie die Geisterwelt verlassen. Wenn sie lachend aneinanderhängen oder mühsam aus dem Wagen steigen, wenn sie sich vor Lachen ihre Bäuche halten oder wenn ihr Gesicht verloren ist, wie in dem Moment, wenn im Kino das Licht angeht. Maria möchte sehen, wie ihre Blicke sich verhalten, wenn sie in die Welt zurückkehren. Als die Tür sich öffnet und zwei Mädchen kreischend ans Tageslicht kommen, denkt sie: Ich habe unseren ersten Kuss vergessen, irgendwo hier muss es gewesen sein, ich weiß es nicht mehr, haben wir uns in die Augen gesehen, waren meine Augen geschlossen, was habe ich gedacht. Der Jahrmarkt ist eine Vergnügungsstätte. Man vergnügt sich, wenn man lacht, sagte Walter, wenn sie zum Bierzelt aufbrachen.

Der Jahrmarkt ist in zwei Bereiche unterteilt, damals wie heute. Maria sieht hinüber zu den Zelten. Es riecht nach Bratwürsten, Sauerkraut und Zuckerwatte. Die Jahrmarktbratwürste sind klein und werden über Holzkohle gegrillt, die Jahrmarktbesucher spießen die Würste auf kleine Holzgabeln, die anschließend mit den Papptellern entsorgt werden. Die Zuckerwatte klebt den Kindern an den Fingern und im Gesicht, manche reißen Zuckerwattestücke ab und formen sie in ihren Händen zu kleinen Kugeln, die hart sind und schnell in ihren Mündern verschwinden, die öfter lachen als Alltagsmünder. Wenn man das so sagen kann, denkt Maria, als sie wieder zum Geisterbahneingang sieht. Ein zweiter Geisterbahnmitarbeiter steht davor, nicht der, der die Fahrgäste erschrickt. Er wirft seine Zigarette zu Boden, er öffnet das Absperrungsband, nachdem der Wagen aus dem Dunkeln ins Freie geruckelt ist. Der Geisterbahnmitarbeiter weist mit einer Armbewegung zum Ausgang, die Fahrgäste folgen ihm. Unter dem Pullover zeichnet sich sein Bauch ab, ein kleiner Bauch, der Späteres ahnen lässt, und Maria kann den Blick nicht abwenden. Die Geisterbahnmitarbeiter wechseln häufig, dieser trägt Schnurrbart und ist trotz des Bauches dünn. Als alle Fahrgäste die Geisterbahn verlassen haben, weist er mit einer ähnlichen Armbewegung den neuen ihre Plätze zu. Er fragt nach den Fahrkarten, er steckt die Jetons in seine Bauchtasche, er wünscht eine gruselige Reise, dann zündet er sich eine neue Zigarette an. Fürchten Sie sich, fürchten Sie sich, treten Sie ein in die Welt der Geister, sagt der Gorilla, er macht keine Pause: Hier kann man das Grauen entdecken, hier sind die Geister der Unterwelt, der Henker wartet auf dich. Der Geisterbahnmitarbeiter raucht und sieht dabei mehrere Male zu Maria herüber, die vor der Geisterbahn steht und den Ausgang fixiert. Einmal zwinkert der Mann ihr zu, und Maria wischt mit dem Zeigefinger über ihr Auge.

33 Unter dem Schirm

Was sollen wir machen, fragt Kurt. Beobachten, sagt Maria, wir sollen beobachten. Zu viert stehen Kurt, Maria und die beiden Frauen auf der Einkaufsstraße. Maria hat die Namen der Frauen vergessen, sie möchte nicht noch einmal fragen. Wir sollen die Menschen beobachten, wie sie arbeiten. Wir sollen notieren, wie alt sie sind, wir sollen notieren, wie sie mit Kundschaft umgehen, welchen Eindruck sie machen, wie sie sich verhalten, wie sie gekleidet sind. Blödsinn, sagt Kurt, das ist doch Blödsinn. Wer schreibt mit, fragt die Blonde, und die Brünette holt Zettel und Stift aus der Jackentasche. Es regnet, und Kurt hat keinen Schirm, weshalb er sich unter Marias Regenschirm duckt. Kurt ist größer als Maria, sie muss ihren Arm weit nach oben strecken, damit er unter dem Schirm Platz findet. Blödsinn, das ist doch Blödsinn, sagt Kurt und zündet sich eine Zigarette an. Sollen wir jetzt hier im Regen stehen und in die Läden hineinsehen, sollen wir die Leute anstarren, das stört doch den Betrieb. Nein, ich denke, wir können hineingehen, wir können uns aufteilen und das Verkaufspersonal unauffällig beobachten, danach treffen wir uns und schreiben unsere Beobachtungen auf, sagt die Blonde. Blödsinn, sagt Kurt. Ich gehe zuerst hinein, sagt die Blonde, ich komme gleich nach, sagt die Brünette, Maria, du gehst zum Schluss, sonst steht Kurt im Regen. Maria sieht, wie die Blonde den Supermarkt betritt und zwischen den Regalen verschwindet, sie sieht die Brünette, wie sie hineingeht und nach der Verkäuferin Ausschau hält. Die Brünette ist eine unangenehme Frau, denkt Maria, als sie mit Kurt unter dem Regenschirm wartet und sieht, wie die Brünette die Verkäuferin anspricht. Meinst du, kennen die sich, fragt Maria. Ich weiß es nicht, sagt Kurt und zieht an seiner Zigarette. Du rauchst nicht, fragt er, nein, nicht mehr, antwortet Maria, ich habe schon lange aufgehört. Kurts Arm berührt Marias Arm, und Maria tritt zur Seite. Kurt trägt eine dunkle Lederjacke, Kunstleder, denkt Maria, hier reißt es schon ein wenig auf. Blödsinn, so ein Blödsinn, sagt Kurt, die wollen uns nur für eine Weile loswerden, ich möchte kein Vorgesetzter sein, wieso soll ich beobachten, wie andere Menschen arbeiten. Maria antwortet, ich geh dann mal, bis gleich. Verhalte dich unauffällig, sagt Kurt und greift nach dem Regenschirm.

Im Supermarkt ist es ruhig. Eine ältere Frau schiebt ihren Einkaufswagen durch die Gänge, die Brünette steht zwei Meter vor der Käsevitrine und sieht der Feinkostverkäuferin zu, wie sie einen Mann bedient. Mit oder ohne, fragt die Verkäuferin. Mit, sagt der Mann, die Verkäuferin fährt mit einer Zange in das Essiggurkenglas und verteilt Essiggurkenscheiben auf der Wurst, dann klappt sie die Semmel zu. Die Brünette steht währenddessen hinter dem Mann und notiert etwas auf ihrem Zettel. Das ist eine unangenehme Situation, denkt Maria und geht in die Getränkeabteilung. Dort sortiert eine Verkäuferin auf einer Stehleiter Flaschen ins Regal. Entschuldigung, sagt sie, als sie Maria kommen sieht, und schiebt die Leiter zur Seite. Danke, sagt Maria. Die Verkäuferin trägt große goldene Ohrringe. Maria fährt mit dem Zeigefinger über die Flaschen, die Verkäuferin verschwindet mit der Leiter im Lager. Ihr seid alle verhaftet, schreit ein Mann in der Süßigkeitenabteilung. Ihr seid alle verhaftet, schreit er, und Maria geht einen Schritt zur Seite, um ihn besser sehen zu können. Im Lager rumpelt es, die Verkäuferin kommt heraus, wischt ihre Hände ab. Herr Josef, sagt sie, kann ich Ihnen behilflich sein. Der Mann hält eine Tafel Schokolade in der Hand, er ist beige gekleidet, die Schuhe sind braun. Sie brauchen noch Milch, Herr Josef, sagt die Frau, kommen Sie, warten Sie hier bei der Kassa auf mich, ich bringe Ihnen Milch, dann können Sie gleich bezahlen. Ihr seid alle verhaftet, murmelt der Mann, und Maria nimmt eine kleine Flasche Mineralwasser aus dem Regal.

Sollten wir auch etwas kaufen, fragt die Blonde, als sie wieder zu viert auf der Straße stehen und Maria ihre Wasserflasche öffnet. Ich denke nicht, antwortet Maria, aber ich bin durstig. Was für ein Blödsinn, sagt Kurt, die können doch nicht verlangen, dass wir Geld ausgeben. Wir sollen auch kein Geld ausgeben, sagt Maria, ich habe mir etwas zu trinken gekauft, weil ich durstig bin, möchtest du einen Schluck. Wasser ist in den Schuhen nicht gut und auch nicht im Magen, sagt Kurt. Du wirst nass, möchtest du dich wieder unterstellen, sagt Maria. Danke, sagt Kurt, danke. Also, was schreiben wir, fragt die Blonde, du hast gesagt, dass du schreibst, fragt die Blonde die Brünette, die schon Stift und Zettel bereithält. Supermarkt, Verkäuferin eins, Feinkostabteilung, sagt die

Brünette, während sie schreibt: *Etwas dick, ein freundliches Gesicht, zieht Handschuhe über, wenn sie Wurst verkauft, nimmt sie allerdings nicht ab, wenn sie keine Kundschaft bedient.* Meint ihr, das ist richtig so, fragt die Brünette, und alle nicken: *Sie grüßt freundlich, aber sie lächelt nicht. Sie hat ihre Haare zu einem Zopf gebunden. Sie trägt Firmenkleidung, ihre Fingernägel sind nicht lackiert. Sie hat einem Kind ein Rad Wurst geschenkt.* Sollen wir das schreiben, fragt Maria, ich weiß nicht, ob das erlaubt ist. Wieso nicht, fragt die Brünette. Weiter, sagt Kurt, weiter. Ich kann nicht schreiben, sagt die Brünette, wenn ich den Schirm unter dem Arm habe, dort hinten ist ein Durchgang, dort können wir uns unterstellen. Gut, sagt die Blonde, wir stellen uns unter, schreib auf: *Die zweite Verkäuferin war sehr zuvorkommend, sie konnte mit der Kundschaft umgehen, sie war gut im Konfliktmanagement, aber der Nagellack an ihren Fingernägeln war abgesplittert.* Im nächsten Laden müssen wir uns unauffälliger verhalten, sagt Kurt, ihr wart viel zu auffällig. Warst du überhaupt im Supermarkt, fragt Maria, und Kurt sieht einer Taube nach, die im Durchgang auf und ab spaziert. Fliegen Vögel bei Regen, fragt Kurt. Was ist denn das für eine Frage, sagt die Blonde, selbstverständlich fliegen Vögel bei Regen, wie kommst du darauf, lass uns das hier zu Ende bringen.

Kurt, Maria und die beiden Frauen haben die Aufgabe bekommen, sich umzusehen, drei Läden, mindestens, das schaffen Sie, hat die Trainerin gesagt. Es ist Vormittag, es sind noch wenige Menschen auf der Straße, und Maria hofft, dass sie niemanden trifft. Würde sie jemanden treffen, sie würde Kurt als ihren Ausbildungskollegen und die beiden Frauen als ihre Ausbildungskolleginnen vorstellen. Würde jemand fragen, was für eine Ausbildung sie mache, würde Maria sagen, ich orientiere mich neu, auch im Alter hat man nie ausgelernt. Sie würde lachen, wenn die andere Person lachen und sagen würde, Maria, du bist nicht alt. Maria würde lachen und sagen, die Jüngste bin ich nicht, sieh dir meine Falten an, und sie würde an die Worte des Trainers denken: Ab fünfundvierzig wird es zunehmend schwierig, warum sollte sich ein Arbeitgeber für Sie entscheiden, wenn hinter Ihnen eine ganze Reihe junger attraktiver Verkäuferinnen steht. Warum, Frau Beerenberger. Überlegen Sie sich Argumente, Sie müssen überzeugend auftreten. Es gibt nur wenige Stellen, man muss ein Bewerbungsprofi sein, damit einen die Personalberater nicht am linken Fuß erwischen. Man bereitet sich auf so vieles im Leben vor, und meistens, wenn ich frage, warum sind Sie arbeitslos, was haben Sie in der Zeit gemacht, warum kommen Sie für unser Unternehmen in Frage, bekomme ich keine zufriedenstellende Antwort. Wir sind hier, um zu lernen, wie man größere Lücken überspielt, Lücken, die jeder hat, Schwächen zu haben, das ist menschlich, aber der Personalberater darf Sie nicht am linken Fuß erwischen, sonst wird es schwierig. Der Verlust des Arbeitsplatzes kann eine einmalige Chance sein, sein Leben nach den Begabungen neu zu ordnen. Wir spielen heute Bewerbungsgespräche durch, ich bin der Personalchef, wir filmen mit und erstellen danach eine Bewerbungsanalyse, Frau Beerenberger, wir beginnen mit Ihnen. Bitte kommen Sie zu mir, keine Angst, bitte setzen Sie sich, ich stelle die Kamera ein. Gut, sind Sie bereit, Maria nickte. Dann gehen Sie bitte zur Tür hinaus, wenn ich Sie aufrufe, kommen Sie herein, so wie Sie bei Ihrem Traumjob zur Tür hereinkommen würden. Lassen Sie sich von den anderen Kursteilnehmern nicht ablenken, Sie verhalten sich bitte alle ruhig. Frau Beerenberger, legen wir los.

Maria öffnete die Tür zum Kursraum nicht selbst, der Trainer öffnete sie, und Maria trat nach hinten, weil die Tür sich nach außen öffnete. Frau Beerenberger, kommen Sie herein, bitte. Er berührte sie kurz am Oberarm. Maria roch die Kursraumluft, sie sah, dass Kurt sich in der zweiten Reihe aufrecht hingesetzt hatte, sie fühlte sich wie eine Schauspielerin, sie sagte: Vielen Dank, es freut mich, Sie kennenzulernen. Nehmen Sie doch Platz, Frau Beerenberger, sagte der Trainer, und Maria setzte sich. Erzählen Sie von sich. Maria hörte Kurt im Hintergrund seufzen, sie setzte sich aufrecht hin. Frau Beerenberger, können Sie bitte ein wenig lauter sprechen, ich verstehe Sie schlecht. Entschuldigung, sagte Maria. Frau Beerenberger, wären Sie bereit, ein Training zu besuchen, damit Ihr Auftreten besser wird, im Umgang mit Kunden ist ein gutes Auftreten und Erscheinungsbild wichtig, das wissen Sie doch, fragte der Trainer. Ja, ich weiß, sagte Maria, ja, ich würde das machen, sagte sie, als sie der Trainer eine Weile anblickte. Wären Sie bereit, das auch selbst zu bezahlen, fragte der Trainer. Maria überlegte eine Weile, sie sagte: Notfalls würde ich das bezahlen, ja. Dann stand der Trainer auf, streckte ihr die Hand entgegen. Gut, Frau Beerenberger, vielen Dank, wir melden uns. Er führte Maria an der Schulter in Richtung Tür. Maria dachte, wie eine Blinde, ich finde die Tür auch ohne ihn. Kurt klatschte, als sich Maria und der Trainer trennten, der Trainer ging zur Videokamera, stellte sie ab, Maria dachte kurz daran, sich zu verbeugen, aber da hatte Kurt schon wieder zu klatschen aufgehört. Gut, wer möchte als nächstes, zögern Sie nicht, ein jeder kommt an die Reihe. Der Trainer trägt immer ein Hemd, das er in seine Hose steckt. Die Farben wechseln, ebenso die Länge der Ärmel, die der Trainer dem Wetter anpasst. Er hat seinen Scheitel auf der linken Seite, die Linie ist gerade gezogen, wahrscheinlich mit einem Kamm.

Den zweiten Laden betreten Maria, Kurt und die beiden Frauen gemeinsam, weil es zu sehr regnet, als dass jemand draußen warten möchte. Ist doch egal, sagte Kurt, als sie beschlossen hatten, in der Gruppe zu gehen. Sei still, sagte die Brünette, wir verhalten uns wie Freunde, die am Nachmittag eine Bekannte besuchen, die Geburtstag feiert. Maria, Kurt und die beiden Frauen betreten einen Blumenladen, der so klein ist, dass sie den Verkaufsraum füllen. Die Verkäuferin kommt aus dem Raum hinter der Kassa, als die Glocke über der Tür klingelt. Die Verkäuferin telefoniert, sie sagt: Ich muss aufhören, ich habe Kundschaft. Die Blonde nimmt ihre Brille ab und wischt mit dem Jackenärmel darüber. Sie hält sie gegen das Licht, um zu überprüfen, ob sich Schlieren gebildet haben.

Bitte, sagt die Verkäuferin, kann ich Ihnen helfen. Nein, sagt die Brünette, doch, sagt Kurt, nachdem er sich umgesehen hat, wir würden gern Thymian kaufen. Wir sind ein Blumenladen, sagt die Verkäuferin, wir führen nur Schnittblumen und einige Topfpflanzen, für Thymian müssen Sie in den Supermarkt, es tut mir leid. Was kostet das Katzengras bei Ihnen, fragt die Blonde, während Maria sagt: So ein Regen heute. Das ist sehr teuer, sagt die Blonde, nachdem ihr die Verkäuferin einen Preis genannt hat, am Bahnhof ist es weit günstiger. Ja, aber wir sind keine Blumenhandlung am Bahnhof, sagt die Verkäuferin, wir sind *Blumen Stefanie*, und *Blumen Stefanie* ist ein privat geführtes Unternehmen, was denken denn Sie, wie solche Preise zustande kommen. Die Blonde sagt, wissen Sie, und Kurt unterbricht sie: Wir sind zu einem Geburtstag eingeladen, wir würden gern drei gelbe Rosen kaufen. Langstielig, fragt die Verkäuferin. Ich weiß es nicht, sagt Kurt, eine mit wenig Stacheln bitte.

Ich schreibe Bewerbungen in der Küche, dort steht der Tisch, sagt Kurt zu Maria später auf der Straße. Er zündet sich eine Zigarette an, Maria überlegt kurz, wie viele Zigaretten Kurt schon geraucht hat, sie holt die Wasserflasche aus ihrer Tasche. Ich hatte eine Thymianpflanze, sagt Kurt, ich musste eine Bewerbung schreiben. Ich habe, statt eine Bewerbung zu schreiben, eine ganze Thymianpflanze gegessen. Du kaufst Thymianpflanzen, fragt Maria. Nein, meine Mutter hat sie mir geschenkt. Deine Mutter schenkt dir Thymianpflanzen, fragt Maria. Ja, sagt Kurt, manchmal auch Rosmarin. Wie alt ist deine Mutter, fragt Maria. Dreiundachtzig, sagt Kurt, meine Mutter ist dreiundachtzig Jahre alt, sie ist noch sehr gut auf den Beinen. Von den Thymianpflanzen muss man zuerst die unteren Blätter ernten; reißt man die oberen ab, hat die Pflanze keine Kraft mehr zu wachsen. Du kennst dich mit Pflanzen aus, fragt Maria. Nein, nur mit Thymian, sagt Kurt. Ich mag Bäume, sagt Maria, Laubbäume, keine Nadelbäume. Warum keine Nadelbäume, fragt Kurt. Weil sie immer gleich bleiben, weil sie nicht rauschen. Am liebsten ist mir die Hainbuche, sagt Maria, die Hainbuche, wenn sie einzeln steht. Eine einzelne Hainbuche wächst in die Breite, sie braucht viel Platz, in einer Hecke kann sie sich nicht entfalten. Kurt überreicht Maria eine Rose. Danke, sagt sie, was machen die beiden noch da drinnen. Ich weiß es nicht, sagt Kurt, das ist doch alles Blödsinn, findest du nicht. Die schicken uns weg, um uns los zu werden, und wir, wir werfen unser Geld beim Fenster hinaus. Warum wurdest du gekündigt, fragt Kurt. Ich bin nicht gekündigt worden, antwortet Maria, es war einvernehmlich. Noch blöder, sagt Kurt, ganz blöd. Maria sagt nichts. Und deshalb warst du ein Monat vom Arbeitslosengeld gesperrt, sagt Kurt und schaut Maria an, die haben dich um ein Monat gebracht. Da kommen sie, sagt Maria, wo seid ihr so lange gewesen, fragt Kurt und streckt den beiden Rosen entgegen.

32 Achtung

Haben Sie an irgendeiner Stelle einen Fehler gemacht? Behalten Sie stets die Macht über die Situation, indem Sie machen.

31 Ein Haustier

Ein Haustier würde dir gut tun, sagte Martha, du hättest einen Ansprechpartner. Martha trug ihren roten Rollkragenpullover, als sie mit Maria im *Bistro Brigitte* saß, während Frau Herta hinter ihnen Bertis Urne abstaubte. Eine Katze, sagte Martha, du streichelst doch meine gern, und Katzen mögen dich. Eine rote, vielleicht eine schwarze, eine gescheckte, eine Glückskatze, es gibt so viele Farben, sagte Martha, darf ich mitkommen, wenn du eine aussuchst, bitte. Nein, sagte Maria, das wäre zu viel Verantwortung, ich kann die Katze nicht den ganzen Tag in der Wohnung lassen, wenn ich in der Arbeit bin, nein. Ich weiß doch, dass du Tiere magst, sagte Martha, und jetzt, wo Walter nicht mehr ist. Nein, sagte Maria und erzählte Martha nicht von den Kaulquappen. Weil Martha dagegen gewesen wäre, weil sie gefragt hätte: Warum machst du das.

Maria liegt auf dem Sofa, als sie an Martha denkt, der Fernseher läuft im Hintergrund. Die Plastikschüssel mit den Kaulquappen steht auf dem Wohnzimmertisch, Maria wird sie morgen zurückbringen. Maria hat eine Liste geschrieben, *Morgen = Mittwoch* steht darauf, darunter: *Aufstehen 8 Uhr, Frühstücken und anziehen 1 Stunde, Kaulquappen versorgen und neues Gefäß für Otto vorbereiten 1 Stunde, Kaulquappen zum Teich bringen 2 Stunden, Mittagessen 1 Stunde, bewerben 2 Stunden, Pause 2 Stunden.* Otto bleibt bei mir, denkt Maria, Otto ist kleiner als die anderen, er würde im Teich nicht überleben. Otto wird überleben, und bis Otto ausgewachsen ist, werde ich Arbeit gefunden haben. Sie nimmt das Heft, das neben ihr auf dem Boden liegt, sie liest: *Tag 1: Ein brauner Bottich mit Wasser, Wasserlinsen und Ästen. Eine bewegt sich kurz, sie lebt, eine liegt tot am Boden, der Kopf ist noch nicht ausgeprägt. Lang sind sie, zwei kleine Flossen hinter dem Kopf, lang und schwarz, die meisten sind noch in einer Hülle, unförmige Punkte mit durchsichtiger Haut herum. Tag 5: Kleine Kiemen oder so etwas, die Großen sehen schon wie Kaulquappen aus. Tag 6: Ich bin zu müde, um das Wasser zu wechseln. Das Wasser stinkt. Es werden zu viele, viel zu viele, und sie sind unterschiedlich groß. Das Wasser ist braun, eine Schnecke schwimmt mit der Unterseite nach oben und frisst. Das Wasser stinkt, morgen wechsle ich. Dreißig oder mehr, kein schöner Anblick, die Schwanzflossen sind durchsichtig. Es stinkt. Und sie leben so sehr. Morgen muss ich das Wasser wechseln. Tag 7: Umtopfen ist viel Arbeit. Es geht auch mit einem Löffel, aber besser wäre ein Sieb. Am Boden Kaulquappendreck oder Kaulquappenleichen. Eine große ist aufgeregt, flitzt am Rand eine Runde, kommt fast heraus aus dem Wasser. Zwei liegen am Boden, an die 13 werden es sein. Sie schwimmen und schwimmen. Ein bisschen sehen sie wie Frösche aus. Tag 8: Sie werden immer größer und schwimmen so schnell. Niemand hat mehr Kiemen, oder doch. Tag 14: Die Großen sind nicht mehr schwarz, sondern froschfarben, krötenfar-*

ben, die Schwanzflosse durchsichtig. Eine bewegt sich nicht, dann doch. Ich habe Angst, dass sie heraushüpfen. Die Großen haben Punkte, die wie Augen aussehen, und sind drei Mal so groß wie die Kleinen. Ich habe Angst vor ihnen. Tag 15: Zwei kleine schwimmen unter einer großen durch. Ich halte den Finger ins Wasser, nichts passiert. Tag 21: Eine ist kleiner als die anderen. Ich werde sie zurückbringen, sie sind gepunktet, kein schöner Anblick. Die großen haben kleine Beine. Ich werde ihn behalten. Ich werde ihn Otto nennen. Otto. Braucht er einen Spielgefährten.

30 Brachland

Maria wischt ihre Hände an der Hose ab, sie reibt sie aneinander, sie wischt sie wieder ab. Ist Ihnen kalt, könnte jemand fragen, aber niemand ist da, als Maria den Vorraum durchquert. Jemand könnte fragen, warum machen Sie das, und Maria würde antworten: Was meinen Sie, möchten Sie wissen, warum ich diesen Vorraum durchquere. Maria würde nicht erzählen, dass sie keine kalten Hände, dass sie keine feuchten Hände haben möchte, weil ein Händedruck die Seele eines Menschen weitergibt. Das hat Maria gelesen, sie weiß nicht mehr wo, sie weiß nicht mehr, ob es die Seele war, die weitergegeben wird, aber Maria erinnert sich, dass die Hände in der Körpersprache mindestens so wichtig sind wie die Augen, und deshalb wischt sie ihre Hände ab. Ihre Fingernägel hat sie gestern Abend gefeilt und heute Morgen, bevor sie losgegangen ist, auf Unregelmäßigkeiten und Schmutz kontrolliert. Achten Sie auf Ihr Auftreten, das sagte Herr Willert, und Maria beißt einen Hautfetzen von ihrer Unterlippe, als sie an Herrn Willert denkt und vor der Anmeldung steht.

Der Linoleumboden ist gesprenkelt, Maria setzt ihre Schritte vorsichtig, weil der Boden nass ist. *Achtung Rutschgefahr* steht auf einem gelben Schild in der Mitte des Raums. Dort wo der Boden noch nicht gewischt wurde, sieht Maria schwarze Striche, von Menschen, die ihre Füße beim Gehen nicht ordentlich heben. Eine gelbe Ampel bedeutet, dass sie gleich auf Rot umspringt, ein gelbes Schild, dass dir die Gefahr im Nacken sitzt. Gefährlich ist es, wenn du nicht damit rechnest, sagte Walter, und Maria denkt, Recht hatte er, als sie bei der Treppe ankommt. Die Treppe ist so breit, dass zehn Personen nebeneinander Platz hätten, die Stufen sind an ihren Kanten mit rutschfestem Material verkleidet. Rechts außen steigt Maria hoch, sie fährt mit ihrer Hand das Geländer entlang. Als sie oben ankommt, ist sie überrascht, wie wenig Unterschied zwischen oben und unten ist. Die Sessel für die Wartenden sind um Tische angeordnet, auf den Tischen liegen Broschüren zu kleinen Stößen geschlichtet. Maria nimmt vor dem Zimmer

1.004 Platz, sie sieht durch das Fenster in der Tür, dass ihre Beraterin telefoniert, Maria überkreuzt die Beine und blickt sich um. Eine Tür wird geöffnet, ein Mann kommt heraus, er grüßt nicht, als er vorübergeht. Maria kratzt in der Rille zwischen Sesselbein und Sitzfläche, und als sie bemerkt, was sie tut, kontrolliert sie ihre Fingernägel, putzt mit einem Fingernagel Schmutz aus dem anderen. Man darf den Händen die Arbeit nicht ansehen, sagte Herr Willert, hier muss alles sauber sein.

Der Mann, der zuvor grußlos an Maria vorübergegangen ist, kommt zurück, er trägt eine Gießkanne, türkis wie die Türrahmen, er trägt sie in ein Büro, die Pflanzen im Wartebereich wässert er nicht. Maria mustert die anderen Wartenden, eine Frau unterhält sich mit einem jungen Mann, von dem Maria vermutet, dass er ihr Sohn ist, in einer Sprache, die Maria nicht versteht, das Handgelenk der Frau steckt in einem Verband. Der junge Mann ist bei genauerem Hinsehen ein altes Kind mit Bartflaum über der Oberlippe. Die Frau sitzt, und ihr Sohn steht, seine Hände vergräbt er in den Hosentaschen. Zwei Plätze weiter hat ein Mann einen Sessel zur Seite gedreht und stützt sich mit den Ellbogen auf der Lehne ab, er riecht nach Waschmittel und Pfefferminzkaugummi. Hinter Maria, der Frau, dem Sohn und dem Mann warten vier andere, dass sie aufgerufen werden. Maria sieht ihre Hinterköpfe, sie dreht sich nur kurz nach ihnen um, weil sie nicht neugierig wirken möchte, und nimmt eine Zeitschrift, die jemand auf dem Tisch zwischen den Wartenden liegen gelassen hat. Maria liest von einem Schwan, der sich in einen blauen Traktor verliebt hat. Schwäne, denkt sie und schüttelt den Kopf. Sie blättert in der Zeitschrift, die schon abgegriffen ist, und überlegt, wer sie vergessen hat. Sie liest: *Ein Brachland ist ein Grundstück, das aus wirtschaftlichen oder regenerativen Gründen unbestellt ist. Ein Grundstück, das sich in menschlicher Nutzung befand, die aber wieder aufgegeben wurde und möglicherweise Spuren hinterlassen hat. Wir nehmen solche Flächen in erster Linie als hässliche Flecken wahr.* Maria legt die Zeitschrift zurück auf den Tisch. Die Broschüren des Arbeitsmarktservices sind ordentlich gestapelt, an ihnen sind keine Falten zu bemerken. Vielleicht hätte ich mehr lächeln sollen, überlegt Maria, vielleicht hätte ich nicht sagen sollen, dass mein Rücken schmerzt.

Die Beraterin trägt eine Bluse, die beiden oberen Knöpfe sind geöffnet. Die Bluse spannt bei der Brust, was Maria wundert, und Maria bemüht sich, nicht zu sehr auf die Bluse zu schauen, aber sie wundert sich, warum die Beraterin diese Bluse gewählt hat. Frau Beerenberger, sagt die Beraterin, kommen Sie herein. Sie schüttelt Marias Hand, die Maria zuvor noch ein paar Mal an ihrer Hose abgewischt hat, bitte nehmen Sie Platz. Die Sessel im Beratungszimmer sind gepolstert, grauer Stoff mit roten Sprenkeln darin. Damit man den Schmutz nicht sieht, denkt Maria und verschränkt ihre Hände ineinander. Die Beraterin sitzt auf der anderen Schreibtischseite, der Boden ist eben, und trotzdem kommt es Maria vor, als ob die Beraterin weiter oben sitzt. Frau Beerenberger, erzählen Sie, sagt die Beraterin im Dialekt von Walters Eltern, und Maria lächelt, Schatt- oder Sonnseite, möchte sie fragen, aber Maria muss eine Antwort finden. Sie sagt: Was möchten Sie wissen. Die Beraterin schaut abwechselnd auf den Bildschirm vor sich und Maria dahinter, sie fragt, haben Sie gesundheitliche Probleme, Maria schüttelt den Kopf, die Beraterin tippt. Sie sagt: Erfahrung bringen Sie mit, wie lange waren Sie bei *Moden Willert*, die Beraterin hält ein Lineal gegen den Bildschirm, neunzehn Jahre, sagt sie, und Maria nickt. Sie wissen, dass Sie drei Monatsgehälter mehr Abfertigung bekommen hätten, wenn Sie vier Monate länger geblieben wären. Maria nickt, das Telefon der Beraterin läutet, sie streicht die Haare hinter ihre Ohren, als sie abhebt. Maria schaut einstweilen auf den Kalender an der Wand. Nein, das wusste ich nicht, hätte sie sagen sollen, wie bitte, hätte sie schreien sollen, aber Maria will nicht, dass die Beraterin meint, sie sei uninformiert. Entschuldigung, sagt die Beraterin, als sie den Hörer auflegt, wo waren wir stehen geblieben. Bei Ihren Fähigkeiten. Sie bringen Erfahrung mit, das ist gut, ich würde vorschlagen, dass Sie einen Kurs besuchen, dort wird Ihr Lebenslauf überarbeitet, dort werden Ihre Computerkenntnisse aufgefrischt, haben Sie Computerkenntnisse, man braucht auch im Einzelhandel Computerkenntnisse, zum Beispiel, um Warenausgänge zu verbuchen. Maria nickt, sie sagt nicht, dafür war bei uns Herr Willert zuständig. Gut, ich buche Sie auf einen Kurs zu, sagt die Beraterin und greift erneut zum Telefon. Die Wände des Büros sind weiß, auch die Decke ist es, die Vorhänge sind aus gelbem Stoff. *Fall nicht* liest Maria auf der Kaffeetasse, die auf dem Schreibtisch der Beraterin neben einem Fläschchen homöopathischer Tropfen steht. Die Beraterin schreibt einen Termin auf einen Zettel, sie unterstreicht ihn drei Mal, dann legt sie auf. Kursstart ist nächste Woche, sagt sie, ich drucke Ihnen eine Einladung aus, den Betreuungsplan gebe ich Ihnen mit. Danke, sagt Maria und wartet ab, bis die Beraterin ihre Arbeit erledigt hat. Ob das ihre Naturhaarfarbe ist, überlegt sie, als sie der Beraterin beim Tippen zusieht, ein schönes Blond, aber nur wenige Menschen sind von Natur aus blond. Außerdem werden die Haare im Lauf des Lebens immer dunkler, überlegt Maria, dunkler und dann wieder hell, weil die Haare ihre Farbpigmente verlieren. So, sagt die Beraterin und nimmt die Zettel aus dem Drucker, wir sehen uns nach dem Kurs wieder, ich habe Ihnen den Termin aufgeschrieben.

Als Maria aufsteht, schiebt sie den Sessel nach hinten, sie sagt: Vielen Dank, bis zum nächsten Mal. Alles Gute, sagt die Beraterin, lassen Sie bitte die Tür offen, wenn Sie gehen. Maria sieht, wie die Beraterin das Fenster öffnet, nachdem sie den Raum verlassen hat. Sie dreht den Kopf zur Seite und riecht an ihrer Achsel, die Zettel faltet sie zweimal, dann steckt sie

sie in ihre Handtasche. Der Mann, der vorhin seine Ellbogen auf den Sessel gestützt hat, legt nun seinen Kopf auf die Lehne. Schläft er, denkt Maria und beschleunigt ihre Schritte, um das Amt schnell hinter sich zu lassen. Eine Angst hat Maria überkommen, dass jemand mit einer Waffe um sich schießen könnte. Aber solche Ängste sind unbegründet, denkt sie, in New York könnte es so kommen, aber nicht hier. Das kommt vom vielen Fernsehen, denkt sie, und dann: Das könnte kein Krimi sein. In einem Krimi weiß man nicht, wer der Mörder ist.

29 Manchmal

Es gibt Tage, an denen man sich wünscht, es wäre jemand hier, der einem über den Kopf streicht. Egal, wie schmutzig die Hände sind, Hauptsache, sie sind groß.

28 Als ob

Der Unterschied zwischen einem Traum und einem Ziel ist die Tat. Finde heraus, was funktioniert, und mache mehr davon. Wenn sich etwas ändern soll, mach etwas anders. Wer hohe Türme bauen will, muss lange am Fundament verweilen. Don't tie yourself to history, tie yourself to your potential. Mache das Einfache und verliere das Große nicht aus den Augen. Wer sein Ziel kennt, findet den Weg. Du weißt nicht, wie weit deine Kräfte gehen, bis du es versucht hast. Grabe den Brunnen, bevor du Durst hast. Wirklich gut wird man erst, wenn einmal etwas danebengegangen ist. Der Köder muss dem Fisch schmecken, nicht dem Angler. Wenn du entdeckst, dass du ein totes Pferd reitest, steig ab. Fange nie an aufzuhören.

27 Ein Geschenk

Das Buch liegt unten in der Tasche. Ganz unten, dort, wo man kein Buch vermutet, zumindest keines, das man auf eine Zugreise mitnimmt, um es zu lesen. Maria ärgert sich. Maria ärgert sich über die Schwester, die ihre Tasche ausgeräumt haben muss, als sie mit dem Kind spazieren war, die das Buch dorthin gelegt haben muss, wo ansonsten Pullover liegen, die Marias Kleidungsstücke berührt haben muss, die bis ins Innerste ihrer Tasche vorgedrungen sein muss. Maria ärgert sich, sie verflucht die Schwester, sie schlägt das Buch auf. Sie liest: *Fangen Sie sofort an, viel zu machen. Und denken Sie daran, dass zwischen Erfolg und Misserfolg die Konsequenz entscheidet, mit der Sie Dinge tun.*

Maria wirft das Buch in die Ecke, sie möchte schreien. Sie reißt der Grünlilie ein welkes Blatt ab. Die Grünlilie hört nicht auf, Ableger zu bilden, Maria hört nicht auf, Grünlilienableger in Wassergläsern wurzeln zu lassen und die Grünlilienableger in Erde zu pflanzen. Die Grünlilienableger bilden neue Ableger, aber Maria kann sie nicht in den Müll werfen. Irgendwann wird meine Wohnung von Grünlilien überwuchert sein, sagte Maria zu Martha und Angelika, wenn sie in der Boutique Grünlilienpflänzchen verteilte. Du brauchst eine Katze, sagte Martha dann. Nein, sagte Maria, ich möchte keine Katze, die würde meine Grünlilien fressen. Aber du möchtest doch weniger haben, sagte Martha, die Marias Grünlilienpflänzchen ihren Katzen verfütterte und jedes Mal fragte: Du düngst nicht, oder. Grünlilien sind gesund, sagte Angelika, man kann nie zu viele Grünlilien besitzen, sie filtern den Rauch aus der Luft. Ich rauche nicht, sagte Maria. Ich weiß, sagte Angelika, aber gesund sind sie trotzdem.

Maria schreit nicht, sie möchte die Nachbarn

nicht auf sich aufmerksam machen. Sie überlegt, die Schwester anzurufen. Zu sagen, was denkst du von mir, denkst du, ich schaffe das alles nicht, denkst du, ich, denkst du. Maria atmet tief ein, sie zerreißt das Grünlilienblatt. Ich habe mich gut vorbereitet. Meine Stärken sind Belastbarkeit, Kommunikationsfähigkeit, Sorgfalt, Erfahrung. Meine Schwäche könnte sein, dass ich einen ausgeprägten Ordnungssinn habe. Das ist doch gut, ich habe mir das gut überlegt. Maria wirft das Buch in die Ecke und lässt es dort so lange liegen, bis sie ein schlechtes Gewissen bekommt, es aufhebt, zurück auf den Wohnzimmertisch legt.

26 Nachtbilder

Herzlich willkommen, sagt Herr Willert, er schüttelt meine Hand. Herzlich willkommen, ich freue mich, dass Sie wieder bei uns sind. Sein Bart ist gewachsen, er reicht bis zum Kinn. Sie sind weiß geworden, sage ich und schlage die Hände zusammen. Wir lachen, und Herr Willert sagt, schön, dass es Ihrem Mann besser geht. Walter steht hinter mir. Walter, sage ich, bist du wieder aufgestanden. Walter, sage ich, kämm dich doch, dein Haar ist ganz zerzaust. Die Toten haben keine Kämme, sagt Walter, warte hier, ich gehe und kaufe einen Taschenkamm. Herr Willert holt seine Geldbörse aus dem Sakko, er sagt: Das geht aufs Haus, Herr Beerenberger, Sie sind eingeladen. Walter lacht, und er hat den Blick, den er hat, wenn ihn etwas freut, er es aber nicht zeigen möchte. Walter sagt, das wäre nicht nötig, Herr Willert, vielen Dank. Wissen Sie, sagt Herr Willert, niemand verkauft so gut wie Ihre Frau, niemand geht mit den Kundinnen besser um, gute Arbeit muss man schätzen, es ist schwierig, so jemanden zu finden. Walter lacht, er küsst mich auf die Stirn, er dreht sich um, er geht. Ich sage, Walter, bleib doch, bitte bleib, du kannst dich auch nachher kämmen.

25 Hinter den Bergen

Das erste Mal ist immer ein großer Schritt, sagte Walter. Heute vor neun Jahren, denkt Maria, als sie in den Bus steigt, ich werde später zum Friedhof fahren. Ich werde eine Kerze kaufen, ein elektrisches Grablicht, das hält länger. Maria stempelt ihre Fahrkarte, sie hält nach einer freien Sitzplatzreihe Ausschau, aber alle sind besetzt. Maria nimmt neben einer alten Frau Platz. Ich muss gleich aussteigen, sagt die Frau, und Maria sagt, gut, ich lasse Sie bei der nächsten Haltestelle hinaus. Entschuldigen Sie, steigen Sie aus, fragt die Frau, als der Bus bei der nächsten Ampel hält. Nein, sagt Maria, aber ich lasse Sie hinaus, wenn es an der Zeit ist auszusteigen. Ich muss schon früh mit dem Aussteigen beginnen, sagt die Frau, wissen Sie, ich bin langsam. Nein, sagt Maria, das wusste ich nicht, aber wir fahren noch eine Weile, besser Sie sitzen, da können Sie nicht umfallen. Aus der Tasche der Frau riecht es nach Wurst und frisch gemahlenem Kaffee, an Vormittagen dominiert dieser Geruch die Busse des städtischen Verkehrsbetriebes, denn an Vormittagen transportieren die alten Menschen ihre Einkäufe durch die Stadt.

Im Osten geht die Sonne auf, im Süden ist ihr Mittagslauf, im Westen wird sie untergehen, im Norden ist sie nie zu sehen. Der Bus steuert auf die Sonne zu. Wir fahren in den Süden, denkt Maria, wir fahren und dabei stehen wir doch. Der Busfahrer ist durch eine Absperrung von den übrigen Fahrgästen getrennt. *Bitte während der Fahrt nicht mit dem Fahrer sprechen* steht auf einem Schild neben seinem Platz. Der Busfahrer trägt die Uniform der städtischen Verkehrsbetriebe, in das Gepäcknetz hinter dem Fahrersitz hat er eine Zeitung geklemmt, die er lesen wird, wenn er bei der Endhaltestelle darauf wartet, wieder loszufahren. Ein Busfahrer fährt acht Stunden am Tag dieselbe Strecke, man muss sich vorstellen, was in ihm vorgeht, wenn er auf dieser Strecke einmal falsch abbiegt, sagte Isolde, als sie vor einigen Jahren erzählte, dass der Busfahrer im Kreisverkehr aus Versehen die zweite Ausfahrt genommen hatte. Der Busfahrer verlässt den Kreisverkehr mehrere Male täglich an der dritten Ausfahrt, und dann nimmt er die zweite, ohne dass es ihm auffallen würde. Man muss sich vorstellen, wie abgelenkt der Busfahrer sein muss, wenn er sich im Kreisverkehr für die falsche Ausfahrt entscheidet. Es hätte noch weit mehr passieren können, sagte Isolde, wir können von großem Glück sprechen, wir haben großes Glück gehabt. Maria denkt an das große Glück, als der Busfahrer bei der Ampel anfährt und vor der starken Rechtskurve ein wenig zu spät bremst, so als ob er weiterfahren würde. Dass er deswegen stark bremst, empört die älteren Fahrgäste. Ich werde mich beschweren, sagt ein Mann hinter Maria laut. Maria dreht sich um, sie sagt: Er kann Sie nicht hören, besser, Sie bleiben sitzen, halten Sie sich gut fest. Es soll Ihnen nichts geschehen.

Das erste Mal ist immer ein großer Schritt, sagte Walter, und Maria mochte es nicht, wenn Walter diesen Satz sagte und dabei den Blick bekam, den er hatte, wenn er diesen Satz sagte. Dumm sah er dabei aus, denkt sie, dumm und unangenehm. Maria möchte, dass die Busfahrt nicht endet. Sie wünscht sich, dass sie von einem Unbekannten entführt werden, einen Stau, der allerdings nicht durch einen Verkehrsunfall entstanden ist, weil sie nicht möchte, dass jemand zu Schaden kommt, sie wünscht sich, dass der Verkehr erliegt. Ich könnte sitzen bleiben, denkt sie, ich könnte sagen, die Türen haben sich nicht geöffnet, so fest ich den Knopf auch gedrückt habe. Es wird alles gut, das sagte Walter, wenn er Maria besänftigen wollte. Es wird alles gut, oder: Es wird alles gut werden. Der Bus bleibt bei der nächsten Haltestelle stehen, Maria lässt die Frau neben sich hinaus und setzt sich dann an den Fensterplatz. Drei Stationen noch, denkt sie, drei, zwei, eins. Eins, zwei, drei, vier, fünf, sechs, sieben, eine alte Frau kocht Rüben, eine alte Frau kocht Speck, und du – bist weg. Wenn Maria nach hinten rutscht, sodass ihr Rücken die Lehne berührt, gelangt sie nur noch mit den Zehenspitzen bis zum Boden. Maria ist müde, sie möchte den Kopf an die Scheibe legen, aber an die Scheibe hat zuvor schon jemand seinen Kopf gelegt, dessen Abdruck sie nicht berühren möchte. Maria überlegt, ob ihr Kopf auch einen Abdruck hinterlassen würde oder ob ihre Haut weniger fett ist.

Hinter der Stadt zeichnen sich die Berge ab. Hinter den Bergen liegen anderer Leute Städte, liegen anderer Leute Leben, die Maria nicht sieht, auch nicht die Berge, weil der Nebel heute alles verdeckt. Der Bus hält an der nächsten Station, die Türen öffnen sich, ein Mädchen steigt ein, es trägt einen Karton. *Schnittlauch* steht darauf, und Maria sieht zwei Ohren, die über den Rand hinausragen. Entschuldigen Sie, ist das ein Hase, fragt sie, als das Mädchen neben ihr Platz nimmt. Nein, ein Kaninchen, antwortet es. Maria möchte das Kaninchen streicheln, aber sie wagt es nicht zu fragen. Sie sagt: Das wusste ich nicht, dass Kaninchen so groß sein können. Als der Busfahrer schnell bremst, duckt sich das Tier, das Mädchen streckt die rechte Hand darüber, mit der linken Hand hält es die Leine des Kaninchens. Die Kaninchenleine ist rosa mit pinken Herzen darauf. Ich wusste nicht, dass man Kaninchen an der Leine hält, denkt Maria, und der Busfahrer hupt, weil ein Auto noch immer seine Fahrt behindert, er hupt, und die älteren Fahrgäste schimpfen, das Kaninchen bleibt geduckt. Eine Reihe weiter hinten sagt eine Frau: Katzenfleisch schmeckt wie Kaninchenfleisch, man muss die Beine an den abgezogenen Kaninchen lassen, sonst kann man sie nicht von den Katzen unterscheiden. Das Mädchen hält seine Hand über den Karton, die Ohren des Kaninchens zittern, als der Bus wieder anfährt, das Kaninchen bleibt geduckt.

Das Arbeitsmarktservice liegt in einer Seitenstraße. Maria steigt aus dem Bus, sie kennt den Weg, die Wohnbaugenossenschaft ist nicht weit von hier. Maria geht langsam, sie denkt: Wenn ich es möchte, bin ich unsichtbar. Lassen Sie die Arme hängen, drücken Sie die Schultern nach unten. Ein gutes Auftreten, sagte Herr Willert, ein gutes Auftreten, sagte er, es sieht mich niemand, nein. Das Arbeitsmarktservice ist ein weißes Haus, das grau geworden ist. Es ist noch Zeit, Maria beschließt, das Haus zu umrunden, die Fassung wieder zu gewinnen. Walter ging nicht gern spazieren. Wozu, sagte er, wir können doch das Auto nehmen. Der Block ist schnell umrundet, Maria denkt, gut, dass ich nicht mit dem Auto hier bin, als sie bemerkt, dass keine Parklücke frei ist, aber Maria hat kein Auto mehr, mit dem sie hierher fahren könnte. Sie verkaufte das Auto, nachdem Walter gestorben war. Ich brauche es nicht, sagte sie zu Angelika, und Angelika sagte, möchtest du nicht manchmal wegfahren. Mit wem und wozu, antwortete Maria. Mit Freundinnen, antwortete Angelika, an den See oder ins Möbelhaus.

Maria senkt den Kopf, als sie wieder beim Arbeitsmarktservice ankommt, ein Fenster im Wohnhaus gegenüber wird geöffnet, ein Mann stützt sich mit seinen Ellbogen auf einen Polster am Fensterbrett, er schaut regungslos. Maria geht schnell in Richtung Tür, ein anderer Mann kommt ihr entgegen, roter Vollbart, beige Jacke, ein weißgraues Gesicht, er wankt, und Maria weicht zur Seite. Sie nimmt die Hände aus den Manteltaschen, um die Tür zu öffnen, die eben wieder zugefallen ist. *Drücken* liest Maria auf einer Metallplatte an der Tür, die Metallplatte ist abgegriffen. Maria lehnt sich seitlich gegen die Tür, ohne mit den Händen die Fingerabdrücke derer zu berühren, die vor ihr hier waren. *Reinigungskraft gesucht* liest sie auf der Pinnwand im Vorraum, sie liest nicht weiter, sie möchte den Vorraum schnell hinter sich lassen, wo die Glaswand neben dem Computer mit noch mehr Fingerspuren übersät ist. Ich sehe nicht aus wie der Mann von vorhin, denkt Maria, nein, ich könnte auch hier arbeiten. Maria wartet hinter einer Frau mit Schal. Es könnte auch eine Hotelrezeption sein, denkt sie, und dann: Nein, das nicht.

In Zimmer 0.007 nimmt Maria Platz, als der Berater sagt, setzen Sie sich bitte. Maria hat den Berater zuvor durch das Fenster in der Tür beobachtet, als sie darauf gewartet hat, aufgerufen zu werden. Zimmer 0.007 befindet sich in der Servicezone. In die Servicezone kommt, wer seit kurzem arbeitslos ist. Vier Monate Servicezone, wer innerhalb dieser Zeit keine Arbeit findet, wartet vor den Türen der Beratungszone. Die Arbeitslosen in der Beratungszone werden den Beratenden nach Geburtsdaten zugeordnet, aber das wusste Maria nicht, als sie vor Zimmer 0.007 darauf gewartet hat, aufgerufen zu werden, auch nicht, als sie dem Berater gegenübersitzt, es spielt keine Rolle, würde sie denken, ich komme ohnehin nicht dorthin. Die Türen sind aus Holz, in das ein längliches Fenster eingelassen ist, der Türrahmen ist türkis. Eine junge Frau saß neben Maria, als sie vor Zimmer 0.007 wartete, und Maria dachte: In dieser Situation waren schon viele. Es wird nicht lange dauern, sie schreiben, das Schlimmste ist überwunden, sie schreiben, Erfahrung ist wichtig, Erfahrung habe ich, und schöne Hände. Maria hat überlegt, wie sie dem Berater die Hand schütteln wird, aber der Berater steht nicht auf, als Maria den Raum betritt. Er könnte mein Sohn sein, denkt sie, als sie ihm gegenübersitzt. Der Kaffeebecher auf dem Schreibtisch des Beraters, er ist aus Plastik, braunes Plastik mit weißem Rand, der an einer Stelle zerbissen ist. Auf dem Kalender neben dem Schreibtisch sind die Tage verzeichnet, die noch kommen, und die, die dieses Jahr schon waren, rot unterlegt die freien Tage. Der Berater stellt Fragen, er schaut Maria an, wie beim Arzt, denkt sie und schaut kurz in seine Augen und dann auf das Muster seines Strickpullovers. Er fragt: Haben Sie Kinder, haben Sie Betreuungspflichten. Maria sagt: Nein. Sie schaut auf die Tischplatte, und die Tastatur klappert, als der Berater tippt.

24 Es ist

Es ist, als hätte jemand die Vögel vom Himmel geschossen. Wie ist es, möchte Martha am Telefon wissen. In Ordnung, sagt Maria, es ist alles in Ordnung, und bläst in den Kaffee.

23 Auf Wiedersehen

Bitte sortieren Sie die Blusen, die Kundinnen haben umgewühlt. Bitte sortieren Sie alles schön, und wenn Sie fertig sind, klopfen Sie bei mir, hat Herr Willert gesagt. Maria hat genickt, hat eine Bluse vom Kleiderbügel genommen. Der Sohn war hinter Herrn Willert in der Tür gestanden, der Sohn steht in letzter Zeit häufig in der Tür zu Herrn Willerts Büro, denkt Maria. Du wirst sehen, er wird die Boutique doch noch übernehmen, sagt Angelika, woraufhin Martha jedes Mal den Kopf schüttelt: Herrn Willerts Sohn studiert, was soll er hier, Herr Willert hat noch ein paar Jahre bis zur Pensionierung, dann sperrt er zu. Ein schöner junger Mann, sagt Angelika dann, findest du nicht. Die Blusen sind nach Farben und Größen geordnet, Maria weiß, was an welchen Platz gehört. Hat er seine Freundin noch. Angelika, du bist doch viel zu alt für ihn.

Als Maria die Blusen fertig sortiert hat, geht sie hinüber zu Martha, die hinter der Kassa steht. Maria sagt, ich bin kurz weg, Martha nickt und lächelt, als die Glocke über der Tür klingelt, weil eine Kundin den Laden betritt. Guten Tag, sagt Martha, und nach einer Weile: Kann ich Ihnen behilflich sein. Die Tür zu Herrn Willerts Büro steht offen, sie ist nie geschlossen. Maria, sagt Herr Willert, als Maria den Raum betritt, setzen Sie sich bitte. Der Sohn schließt die Tür, er nimmt neben seinem Vater hinter dem

Schreibtisch Platz. Das Usambaraveilchen müsste gegossen werden, denkt Maria, als sie zum Fensterbrett sieht, sie sagt: Ihre Blume sieht traurig aus. Sie wissen doch, sagt Herr Willert, ich vergesse immer auf sie. Maria lächelt und Herr Willert schweigt, dann atmet er laut ein und aus, er sagt: Frau Maria, ich habe schlechte Nachrichten. Der Boutique geht es nicht gut, die Zeiten, Sie wissen bestimmt, Sie wissen, wie die Zeiten sind. Ich komme gleich zum Punkt, sagt Herr Willert und greift unter seine Brille, reibt seine Augen, die danach ein wenig blauer sein werden als zuvor. Herr Willert reibt seine Augen, er sagt: Maria, wir werden uns von Ihnen trennen, es tut mir leid, wir können Sie nicht mehr halten. Der Sohn steht auf, geht zum Fensterbrett, pflückt dem Usambaraveilchen eine welke Blüte ab. Maria sagt: Wie bitte. Herr Willert sagt, wir sehen keine andere Möglichkeit. Sie lesen doch Zeitung, Sie wissen doch. Der Sohn verdreht die Augen, kommt zurück zum Schreibtisch, er spielt mit einem Kugelschreiber, der vor ihm liegt. Maria fragt: Wie bitte, Sie kündigen mich. Ja, sagt Herr Willert, das machen wir. Wir, denkt Maria und schaut auf die Hände des Sohnes, der den Kugelschreiber zwischen Zeige-, Mittel- und Ringfinger dreht. Maria möchte auf seine Finger schlagen, sie möchte sagen, Stefan, das macht man nicht, wie damals, wenn er als Kind mit einem Eis in die Boutique kam und sich den Kleidungsstücken näherte. Seine Fingernägel sind kurz geschnitten, am Mittelfinger ist die Nagelhaut eingerissen. Warum, fragt Maria leise. Ich werde nicht zu weinen beginnen, denkt sie, nein, das mache ich nicht. Wenn ich den Kopf ein wenig nach hinten lege, bleibt alles hinter den Augen. Der Sohn nimmt den Kugelschreiber, zeichnet eine Linie auf einen Zettel, eine Waagrechte, auf der er senkrecht Striche zieht. Wir sind ein Unternehmen mit Verantwortung, sagt Herr Willert und sieht seinen Sohn an, der den Stift wieder zur Seite legt. Frau Maria, Sie werden sich um eine neue Stelle bewerben, und wie sieht es denn aus, wenn Sie sagen, ich wurde gekündigt. Die Firmenleitung wird nachfragen, warum Sie gekündigt wurden, weil es einen Grund geben muss, werden sie sagen. Wir schauen auf unsere Mitarbeiterinnen, wir bieten Ihnen daher eine einvernehmliche Kündigung mit sechs Monaten Abfertigung an, das ist eine Menge Geld, hier. Herr Willert schiebt ihr einen Zettel zu. *Ich löse mein Dienstverhältnis einvernehmlich mit*, weiter liest Maria nicht. Mit Zeitausgleich und vier Wochen Resturlaub müssten Sie noch eine Woche kommen, wir meinen es gut mit Ihnen, wir stellen Sie ab morgen frei, das ist ein tolles Angebot, sagt der Sohn, und Herr Willert nickt, und Maria denkt: Was macht er da. Herr Willert hält ihr den Kugelschreiber hin, er sagt, Sie wissen, wie schwer es mir fällt, Sie sind unsere längste Mitarbeiterin, und Maria nimmt den Kugelschreiber. Sie verstehen doch, sagt Herr Willert. Nein, denkt Maria, nein, und sieht, wie Herr Willert das rechte Bein über das linke legt, Fußknöchel auf Oberschenkel. Er sagt: Einer anderen würden wir dieses Angebot nicht machen, und Maria unterschreibt.

Der Sohn zeichnet einen neuen Strich. Er verwendet zu viel Haarspray, denkt Maria, seine Haare sind verklebt. Sehen Sie, Frau Maria, das ist Ihr Leben. Da ist noch viel Platz bis zum Ende, wie alt sind Sie, siebenundvierzig, sehen Sie, Sie stehen hier, sagt er und zieht einen senkrechten Strich. Sie haben noch viele Jahre vor sich, freuen Sie sich, es ist nicht selbstverständlich, in diesem Alter noch die Möglichkeit zu bekommen, sein Leben neu zu gestalten. Sehen Sie es positiv, sagt Herrn Willerts Sohn, Sie haben jetzt die Freiheit, von vorn zu beginnen. Ist gut, Stefan, sagt Herr Willert, danke. Er steht auf, und der Sohn steht auf, Maria steht auf, sie gibt beiden die Hand, ihr ist schwindlig. Ihre Schlüssel bitte, sagt Herr Willert. Alles Gute, sagt Herr Willert, erholen Sie sich ein paar Tage, lassen Sie von sich hören. Sie werden uns fehlen.

Der Griff der Toilettentür ist aus Plastik, Maria schließt die Tür, sie sperrt sie ab. Sie atmet. Sie sitzt auf der Toilette und drückt Toilettenpapier auf ihre Augen. Sie denkt, was habe ich falsch gemacht. Sie möchte mit der Faust gegen die Wand schlagen, aber sie möchte keinen Lärm machen. Maria sitzt auf der Toilette, sie drückt Toilettenpapier auf ihre Augen, sie atmet. Sie versucht, sich vorzustellen, wie sie Martha und Angelika erzählen wird, was passiert ist. Sie denkt: Ich bin am längsten hier. Sie zupft in ihrem Gesicht herum, sie hört auf damit, weil es Spuren hinterlässt und sie keine Spuren an sich haben möchte. Sie denkt: Ich war am längsten hier, und hält frisches Toilettenpapier gegen die Augen. Sie schiebt den Ärmel ihrer Bluse hoch und zupft an ihrem Unterarm, so lange, bis ihre Fingernägel eine Kerbe hinterlassen, die wie der Buchstabe U aussieht. U, was soll das heißen, denkt Maria, schnäuzt sich, zieht die Spülung und geht hinaus. Wo warst du so lange, fragt Angelika. Auf der Toilette, antwortet Maria, mir ist nicht gut, ich gehe heute schon früher nach Hause.

JETZT haben Sie alles gehört, werde ich sagen. Der Mann wird auf seine silberne Armbanduhr sehen, er wird den Ärmel darüber schieben, er wird sagen: Ich habe noch Zeit. Und ich werde sagen: Lassen Sie uns über die Zukunft sprechen. Frau Beerenberger, wird er mich unterbrechen, was wollen Sie mir von der Zukunft erzählen, die Zukunft ist noch nicht gewesen. Da haben Sie Recht, werde ich sagen, aber die Gedanken bestimmen, was kommen wird, ich denke nach vorn in die Zukunft, geradeaus. Meinen Sie, wird er fragen und seine Stirn in Falten legen. Ja, werde ich sagen, ja. Er wird eine Weile schweigen, wir werden uns gegenübersitzen, das Ticken einer Uhr wird zu hören sein. Frau Beerenberger, wird er nach einer Weile sagen, ich habe nachgedacht, ich möchte mehr über Sie erfahren, wissen Sie, ein Braten gelingt auch nur im Ganzen. Wir werden schweigen, die Uhr wird ticken. Das ist ein schlechter Vergleich, werde ich nach einer Weile sagen, man spricht nicht von verflossenen Lieben, man spricht nicht von verflossenen Leben. Es gibt ein Vorher und ein Nachher, wird er sagen. Er wird auf seine Krawatte blicken, Frau Beerenberger, bitte.

22 Ein Mittwoch

So ein Nebel heute, sagt Angelika, man sieht die Kirchturmspitze nicht. Der Nebel ist doch den ganzen Herbst so stark, sagt Maria und wickelt den Schal fester um ihren Hals. Nein, den Kirchturm sieht man nur heute nicht, sagt Angelika, pass auf, die Gehsteigkante. Ich schaue da nie hin, sagt Maria, warum sollte ich, die Bäume sind schöner als die Kirche. Im Winter nicht, sagt Angelika. Doch, auch im Winter, sagt Maria, da sieht man die Vögel besser, wie sie in den Ästen sitzen. Wie große Trauben sehen sie aus, du musst genau hinsehen. Gut, sagt Angelika, vor dem nächsten Baum werde ich stehen bleiben. Gut, sagt Maria, geh du nur vor, ich komme gleich nach. Was möchtest du trinken, fragt Angelika. Wie immer, sagt Maria, Martha ist bestimmt schon dort. Im Drogeriemarkt beeilt sich Maria, weil es kurz vor Ladenschluss ist. Sie kauft eine Packung Präservative, Maria entscheidet sich für die teuersten, sie möchte nicht lange überlegen. Sparen Sie nicht bei der Qualität, sagt Herr Willert zu Kundinnen in der Taschenabteilung, greifen Sie, fühlen Sie den Unterschied. Maria legt ihren Kopf zur Seite, als sie mit der Packung in der Hand an Herrn Willert denkt. So weit habt ihr mich schon, denkt sie, sechzehn Jahre, als ob es nichts anderes gäbe. Ich bin gleich bei Ihnen, sagt die Verkäuferin, die Produkte ins Regal schlichtet, als sie Maria vorübergehen sieht. Der Boden glänzt, die Türmatte im Eingangsbereich sieht mitgenommen aus. An der Kassa schaut Maria die reduzierte Ware durch, Nagellack, ein Lidschatten, der wie ein Radiergummi aussieht. Sie legt alles wieder zurück und sieht der Verkäuferin zu, wie sie Waschmittel einordnet, wie sie flucht, weil aus einer Packung Pulver rieselt. Ich komme gleich, ruft die Verkäuferin und wischt ihre Hände an den Oberschenkeln ab, während sie zur Kassa läuft. Sie brauchen nicht zu laufen, sagt Maria, ich habe Zeit. Die Verkäuferin setzt sich nicht, als sie kassiert. Darf es eine Packung Pralinen dazu sein, fragt sie, als der Einkauf über das Förderband läuft, und Maria schüttelt den Kopf: Nein, danke. Die Rechnung brauche ich nicht, danke; auf Wiedersehen. Ihren Einkauf verstaut Maria in der Tasche ganz unten, darüber legt sie die Taschentücher, die Geldbörse, das Mobiltelefon. Sie zieht den Reißverschluss zu, während sie über die Straße geht. Im *Bistro Brigitte* sitzt Berti am Fensterbrett und sieht den Menschen nach, die an ihm vorübergehen.

Das macht man nicht, dass man mit Staubsaugern über Katzen fährt, sagt Angelika, als Maria an den Tisch kommt. Maria, sagt Martha, wo bist du so lange gewesen. Ich wurde aufgehalten, antwortet Maria, ich musste an der Kassa lange warten. Martha saugt

Hugo mit dem Staubsauger ab, flüstert Angelika. Mit dem Staubsauger, fragt Maria. Er mag das gern, er schnurrt dabei, sagt Martha. Man saugt doch keine Katzen ab, sagt Angelika, Frau Herta, was meinen Sie dazu. Frau Herta steht hinter der Bar, sie ist gerade dabei, Socken anzuziehen, weil Berti seinen Platz auf der Fensterbank verlassen hat und ins Freie drängt. Da mische ich mich nicht ein, jeder soll mit seinem Tier machen, was er möchte. Frau Herta stülpt einen Plastiksack über ihre Hand. Berti, komm, wir gehen. Ich bin gleich wieder bei Ihnen. Angelika nickt. Hugo mag das, sagt Martha und trinkt einen Schluck. Angelika fragt: Haben wir schon angestoßen, und hebt ihr Glas.

Je später der Abend, desto kälter wird es im *Bistro Brigitte*. Frau Herta sagt, das hänge mit der Programmierung der Heizung zusammen, das könne man nicht so einfach umstellen, nur weil ein paar Gäste länger bleiben möchten. Trinken, tanzen, den Mantel umhängen, das alles hilft gegen die Kälte, sagt Frau Herta, während sie wartet, dass die Gäste nach Hause gehen. Maria, Martha und Angelika verlassen das *Bistro Brigitte* in der Regel, bevor es kalt wird, nur zu besonderen Anlässen trinken und tanzen sie gegen die Kälte an. Nein, sagt Martha an besonderen Tagen, wenn Maria zu später Stunde in ihrer Geldbörse nach Kleingeld sucht, nicht schon wieder. Für Walter, sagt Maria dann, sie prostet der Decke zu, sie wirft eine Münze in die Jukebox. Die Lieder, die zur Auswahl sind, hat Frau Herta ausgesucht, die Titel hat sie mit der Hand geschrieben, sie werden sich in den nächsten Jahren nicht ändern, weil es zu viel Aufwand wäre, sie zu wechseln. Maria drückt drei Mal Elvis, sie bleibt mit ihrem Glas vor der Bar stehen, dort wo der Boden an besonderen Abenden zur Tanzfläche wird, und wartet, dass Elvis zu singen beginnt. Maria wiegt sich und dreht sich, und fordert sie einer der männlichen Gäste zum Tanzen auf, dreht sie sich weiter, ohne ihn anzusehen. Sie dreht sich auf der Tanzfläche, bis Martha aufsteht und mit ihr das Lied zu Ende tanzt. Weißt du, sagt Maria dann zu Martha. Ja, ich weiß, antwortet Martha, Walter war der beste Elvis-Imitator. Ja, das war er, und weißt du, sagt Maria dann, es war schon ein wenig so. Ja, ihr beide wart ein wenig wie Elvis und Priscilla, sagt Martha. Ja, sagt Maria, woher weißt du das. Du erzählst es mir bei jeder Feier, Maria, das ist deine Feiergeschichte. Martha hebt den Arm, und Maria dreht sich darunter im Kreis.

An diesem Novembermittwochabend kommt Frau Herta mit Berti und dem Plastiksack, den sie jetzt zugeknotet in den Müll wirft, ins Lokal zurück. Darf es noch etwas sein, fragt Frau Herta, als sie beginnt, die Gläser aus dem Geschirrspüler zu nehmen. Eine Runde bitte noch, sagt Maria. Du hast nicht ausgetrunken, sagt Angelika. Nein, sagt Maria, aber Feste soll man feiern, wie sie fallen, und wenn sie fallen, sind sie gut. Nennt mich Tante, Tante Maria, meine kleine Schwester hat ein Kind geboren. Nein, sagt Angelika, ich wusste gar nicht, dass sie schwanger ist. Habe ich das nicht erzählt, fragt Maria, sie denkt: Angelika hört nie zu. Aber Martha und Angelika schütteln ihre Köpfe, und Martha sagt, Tante Maria, ich gratuliere. Julia heißt sie, sagt Maria, sie ist noch sehr klein. Hast du sie schon gesehen, fragt Martha, nein, antwortet Maria, nein. Ich werde am Wochenende zu ihnen fahren. Maria, ich gratuliere dir, sagt Martha und legt ihre Arme um sie, das ist schön.

Als Martha, Maria und Angelika an diesem Novembermittwochabend das *Bistro Brigitte* verlassen, sind sie ein wenig betrunkener als an herkömmlichen Mittwochen, aber es ist noch nicht spät. Beim Aufschließen der Haustür muss Maria den Schlüssel drei Mal ansetzen. Maria denkt, Herr Popovic sollte das Licht reparieren, morgen werde ich bei ihm klopfen. In der Wohnung geht sie, ohne die Schuhe auszuziehen, ins Schlafzimmer. Sie öffnet die oberste Schublade des Nachttischs und nimmt die Schachtel heraus. Abgelaufen, denkt Maria und trägt die Packung hinüber in die Küche, um sie in den Müll zu werfen. Sie überlegt zwischen Restmüll und Plastikmüll, entscheidet sich für den Plastikmüll, weil der Plastikmüll außerhalb des Hauses gesammelt und nicht von Herrn Popovic stichprobenartig überprüft wird. Dann geht Maria zurück ins Schlafzimmer, nimmt die neuen Präservative und legt sie in die Schachtel. Gründlichkeit ist die halbe

Miete, sagt Herr Willert, und Maria denkt: Nicht schon wieder.

21 Am See

Dein Rücken ist rot, sagt die Schwester, dreh dich um. Ich möchte nicht, sagt Maria, es ist angenehm, so zu liegen. Dein Rücken ist rot, sagt die Schwester, wir haben keine Sonnencreme eingepackt, dreh dich um, sonst verbrennt deine Haut. Maria setzt sich auf, sie sagt: Wenn ich auf dem Rücken liege, kann ich kein Kreuzworträtsel lösen. Es ist ungesund, auf dem Bauch zu liegen, du solltest das wissen, du mit deinen Bandscheiben, sagt die kleine Schwester und schraubt eine Wasserflasche auf. Was du alles weißt, sagt Maria, sie zieht die Träger ihres Badeanzugs über die Schultern, steht auf: Ich gehe schwimmen, kommst du mit. Der Badestrand ist an Ferientagen gut besucht. Maria und ihre Schwester haben einen Platz in der Mitte der Wiese gefunden, sie haben einen Sonnenschirm mitgebracht, unter dem die Schwester liegt, weil ihre Haut empfindlich ist. Nein, sagt die Schwester, ich lese noch eine Weile, geh du nur. Die Schwester wird den ganzen Nachmittag sagen, dass sie noch eine Weile liest, bis die

Wiese sich leert, dann wird sie sagen: Jetzt ist es zu kalt, um in den See zu gehen. Es ist wegen der Fische, sagt Maria, wenn sie ihre Schwester ärgern möchte, du fürchtest dich. Du hast Angst vor den Forellen, den Hechten, den Aalen, du hast Angst, dass sie dich in die Füße beißen, dass sie sich um dich schlingen, dich in den Untergrund ziehen. Das stimmt nicht, sagt die Schwester dann und hält eine Zeitschrift vor ihr Gesicht. Du bist wie ein kleines Kind, sagt Maria. Nein, ich komme gleich nach.

Zum See sind es wenige Meter, Maria geht barfuß und achtet dabei darauf, auf keine Biene zu steigen. Bienen sind zu langsam, um vor Füßen zu flüchten, denkt Maria. Können Bienen sein, wo keine Blumen sind, überlegt sie und wendet ihren Blick nicht vom Boden ab. Ein Kind läuft ein Stück vor Maria zum See, Maria sieht es laufen, und sie sieht es fallen, sie bleibt stehen. Im zweiten Augenblick beginnt das Kind zu weinen, ein Mann kommt und hebt es auf, Maria geht weiter. Der See liegt ruhig zwischen Bergen, er ist glatt und Maria steigt in das Wasser, geht hinein in den See, ohne stehenzubleiben. Sie zieht den Fuß zurück, wenn sie auf einen spitzen Stein tritt, aber wenn sie schnell genug geht, spürt sie selbst die spitzen Steine nicht. Maria überholt zwei Frauen am Ufer, die ihre Zehen ins Wasser halten, sie überholt einen Mann, der zuerst die Arme und dann den Oberkörper abkühlt, bevor er sich ganz ins Wasser lässt. Maria mag kaltes Wasser. Dass Sie keinen Herzinfarkt bekommen, sagt der Mann, als Maria ihn überholt, man muss seinen Körper langsam an das Wasser gewöhnen. Das mache ich, sagt Maria, das mache ich mit jedem Schritt. Man soll bei den Beinen beginnen, von rechts nach links, dann die Arme langsam an die Wassertemperatur heranführen, dann den Oberkörper, dann den Rücken, immer in Richtung des Herzens. Was Sie alles wissen, sagt Maria und geht weiter, so weit, bis sie den Grund unter den Füßen verliert. Dann schwimmt sie, hinaus auf den See, den Bergen entgegen. Man kann sich nicht vorstellen, dass nach einem Sommer wieder der Winter kommt, sagt der Mann, der inzwischen ebenfalls schwimmt. Ja, sagt Maria, im Winter ist der See zu kalt, um darin zu schwimmen. Ja, sagt der Mann, aber es gibt Menschen, die schwimmen auch im Winter hier. Ich weiß, sagt Maria, ich habe davon in der Zeitung gelesen. Sie auch, sagt der Mann, Sie also auch. Entschuldigen Sie bitte, sagt Maria und taucht unter. Die Augen hält sie unter Wasser geschlossen, sie taucht wieder auf, sie schwimmt, so schnell sie kann. Das Wasser ist kalt, aber es ist schon kälter gewesen, denkt sie, als sie überlegt, wie sie der Schwester später die Wassertemperatur beschreiben wird. Kalt ist es, wenn der Körper schmerzt. Schmerzen, denkt Maria, ich habe keine Schmerzen. Sie dreht sich auf den Rücken, streckt die Arme nach hinten, streckt die Beine, macht sich lang. Der Vater brachte Maria bei zu schweben. Du musst dich strecken, sagte er und hielt seinen Arm unter ihren

Körper, streck dich, ich bin bei dir. Der Vater zog seinen Arm weg, aber Maria wusste, würde sie sinken, würde er sie auffangen. Die Schwester mochte schon als Kind das Wasser nicht. Maria tauchte, sie tauchte unter und hielt die Luft an, so lange sie konnte. Kann man sich selbst ersticken, fragte sie später ihre Mutter. Ja, mit einem Plastiksack über dem Kopf, aber das macht man nicht. So kalt wie heute war der See noch nie, sagt der Mann, der in Marias Nähe geblieben ist, es ist mir zu kalt. Ich schwimme zurück, Sie finden mich bei den Bäumen, dort ist Schatten. Wieso sollte ich Sie finden wollen, überlegt Maria, aber sie fragt nicht, sie legt sich wieder zurück ins Wasser, schwebt weiter im See. Erst als der Mann weit genug entfernt ist, sieht sie zum Ufer zurück, wo das Wasser seicht genug ist, um zu stehen. Maria sieht, wie sich der Mann aufrichtet, sie sieht seinen Rücken, sie erschrickt, als sie bemerkt, dass er keine Badehose trägt. Ich habe mit einem Nackten gesprochen, ohne davon zu wissen, denkt sie. Allerdings, ich hätte mich nicht anders verhalten, hätte ich es gewusst. Maria schwimmt zurück in Richtung Ufer, sie kontrolliert den Sitz ihres Badeanzugs, bevor sie aus dem Wasser steigt. Alles in Ordnung, denkt sie und richtet sich auf. Den Badeanzug trägt Maria an diesem Sonntag zum ersten Mal. Schön, das ist ein schöner Badeanzug, hat ihre Schwester gesagt, gibt es den bei euch zu kaufen. Ein einfarbiger Einteiler, hat Maria geantwortet, wir haben ihn in fünf verschiedenen Farben. Warum hast du orange genommen, hat die

Schwester gefragt, hätte es ihn auch in Blau gegeben. Das ist nicht orange, das ist apricot, hat Maria geantwortet. Apricot, hat die Schwester gefragt, das ist doch orange. Maria richtet sich auf, als sie zurück zu ihrer Schwester geht, sie fühlt sich beobachtet, und unter Beobachtung fallen die Schritte schwer.

Was hast du so lang mit dem Nackten gesprochen, fragt die Schwester, als Maria sich neben sie setzt. Ich habe nicht gesehen, dass er nackt ist, sagt Maria. Er steht jetzt dort drüben, sagt die Schwester und zeigt zum Ufer. Der Mann streicht mit der Hand über eine Hainbuche. Zu einer Frau, die unter den Ästen liegt, sagt er: Das ist mein Lebensbaum, was fühlen Sie. Maria hört nicht, was der Mann zu der Frau unter den Ästen sagt, sie dreht sich auf den Bauch, nur ein wenig, sagt sie zu ihrer Schwester und legt ein Handtuch über den Kopf. Ich bin zurück, hört Maria wenig später eine Männerstimme sagen, ein Cornetto für die Dame. Die Schwester lacht, sie sagt, danke, das unter dem Handtuch ist meine Schwester Maria. Der Mann lacht, die Schwester lacht, Maria nimmt das Handtuch vom Kopf, dreht sich zur Seite, sieht die beiden an. Hallo, sagt sie. Hallo, sagt der Mann, ich bin Manfred, möchtest du mein Eis. Nein, danke, sagt Maria, ich habe keinen Hunger. Eis isst man nicht, weil man hungrig ist, sagt Manfred, Eis isst man, weil die Sonne scheint. Manfred lacht und die Schwester lacht und Maria versucht, freundlich zu sein. Sie sagt: Setz dich, bleib ein wenig, erzähl von dir. Manfred sagt, er arbeitet in der Versicherungsbranche, die Schwester lächelt. Manfred sagt, er kann vom Steg in den See springen, ohne mit der Wimper zu zucken, die Schwester lächelt. Manfred sagt, er lebt in einem Einfamilienhaus nicht weit von hier, die Schwester lächelt. Maria möchte sagen, du magst das Land doch nicht. Du sagst, am Land riecht es nach Kühen und viel zu viel Mist. Manfred sagt, ich habe Durst, ich hole etwas zu trinken. Ich komme mit, sagt die Schwester, Maria braucht Ruhe, weißt du, sie ist die ganze Woche auf den Beinen, sie muss am Wochenende liegen und ihren Rücken schonen. Maria nickt und nimmt die Zeitschrift, die zuvor die Schwester gelesen hat. Als Manfred aufsteht, bemerkt sie, wie groß er ist. Im Sitzen sieht er kleiner aus, denkt Maria, seine Beine sehen seltsam aus. Das kommt davon, wenn man zu viel Fußball spielt, erklärten die Eltern, als die Schwester fragte, warum Eduards Beine anders geformt seien als ihre. Das kommt davon, wenn man zu viel Fußball spielt, sagte die Mutter, und der Vater fragte, Maria, hast du Eduard schon wieder getroffen. Die Mutter schüttelte im Hintergrund den Kopf.

Maria sieht, wie sich die Schwester nach ein paar Schritten bei Manfred unterhakt, sie denkt, das ging schnell, und dreht sich auf den Rücken. Sie legt das Handtuch über ihren Kopf, als sie bemerkt, dass der Nackte zu ihr herüberschaut. Maria denkt: Man wird nicht von den schönen Männern umworben. Maria denkt: Bitte nicht, als sie hört, dass sich neben ihr jemand räuspert. Entschuldigen Sie, sagt der Nackte, der inzwischen ein Handtuch um seine Hüfte gewickelt hat, entschuldigen Sie bitte. Ja, sagt Maria und richtet sich auf. Wissen Sie, ob es hier in der Nähe ein Kaffeehaus gibt. Nein, sagt Maria, aber im Ortszentrum finden Sie bestimmt eines. Wissen Sie, fragt der Mann, ob es dort guten Kaffee gibt. Nein, sagt Maria, aber der Kaffee in den Kaffeehäusern ist in der Regel gut. Wissen Sie, fragt der Mann, was ein guter Kaffee ist. Ja, sagt Maria, eine Melange mit einem Glas Wasser. Nein, sagt der Mann, das meine ich nicht. Kommen Sie mit, ich lade Sie ein. Nein, danke, sagt Maria, ich bin mit meiner Schwester hier. Sind Sie vergeben, fragt der Mann, und Maria schaut auf seine rechte Hand, mit der er das Handtuch an der Hüfte festhält. Auf dem Handtuch sind Fische und ein Segelboot. Nein, sagt Maria, aber ich bin nicht auf der Suche. Das ist gut, sagt der Mann, wenn man etwas sucht, findet man es nicht. Neben dem Segelboot sind Wellen auf dem Handtuch. Sind Sie Schauspielerin, fragt der Mann, Sie tragen so schöne Ringe. Nein, sagt Maria, ich bin Verkäuferin. Fische, fragt der Mann. Ob ich Fische verkaufe, fragt Maria. Ja, sagt der Mann. Nein, antwortet Maria, Textil. Entschuldigen Sie, ich würde gern weiterlesen. Ja, sagt der Mann, ich komme später wieder, wann ist es Ihnen recht.

Maria schließt die Augen. Sie liegt im Schatten, sie greift auf ihren Rücken, er ist heiß. Die Schwester wird eine Weile nicht wiederkommen, es stört sie nicht. Pass auf deine Schwester auf, sagte die Mutter, und Maria hielt sie an der Hand, wenn sie zum Baden in die Auen gingen. Die Schwester hatte ihre Haare zu zwei Zöpfen gebunden, auch an dem Tag, als Maria sie verlor. Warte du hier, hatte Maria zu ihr gesagt, ich komme gleich wieder, warte hier, geh nicht weg. Eduard hatte seine Haare gekämmt, Eduard roch nach Seife, er sagte: Maria, ich komme zurück. Ich komme als Arzt zurück, wir werden ein Haus bauen, wir werden die schönsten Kinder haben. Eduard hatte Muttermale am ganzen Körper, nein, sagte er, als Maria zum ersten Mal fragte, ob sie die Punkte durch Linien verbinden dürfe. Kennst du Malen nach Zahlen, fragte Maria. Ja, sagte Eduard, wer kennt das nicht. Das nächste Mal bringe ich einen Stift mit, sagte Maria. Warte du hier auf mich, hatte sie zu der Schwester gesagt. Sie hatte der Schwester ein Bilderbuch gegeben, bleib auf dem Stein sitzen, beweg dich nicht, ich bin gleich wieder bei dir. Es war langweilig, sagte die Schwester, als Maria in der Dämmerung nach Hause kam und die Schwester bei der Mutter in der Küche saß. Weißt du, wie lange ich dich gesucht habe, schrie Maria, warum bist du weggelaufen. Du kannst eine Sechsjährige nicht allein in den Auen lassen, wo warst du, was hast du dir gedacht, hast du überhaupt gedacht, schrie die Mutter.

Wäre Eduard zurückgekommen, denkt Maria und legt das Handtuch wieder über ihren Kopf. Eduard kam zurück, er brachte ein Mädchen aus der Stadt mit, Elisabeth. Elisabeth hatte dichtes Haar und große Füße. Elisabeth war schwanger, aber davon wurde nicht gesprochen, als Eduard mit ihr in den Ferien kam. Eduard sagte: Elisabeth ist meine große Liebe. Eduard sagte: Elisabeth, darf ich dir Maria vorstellen, wir kennen uns seit Kindertagen, Maria macht eine Lehre, sie lebt in der Arbeitersiedlung neben den Auen. Eduard heiratete Elisabeth, ein schönes Paar, sagte die Mutter, ihre Eltern sind Ärzte, wusstest du das. Wäre Eduard ohne Elisabeth zurückgekommen, denkt Maria, wäre ich Sängerin. Ich wäre Sängerin und würde auf den größten Bühnen stehen. Eduard hätte meine Ausbildung gezahlt, er verdient gut, er hätte gesagt: Liebes, mach, was du möchtest, ich stehe hinter dir. Die Menschen hätten geklatscht, wenn ich mich am Schluss verbeugt hätte, sie hätten geklatscht und wären dazu aufgestanden, selbst die schönen Männer. Die schönen Männer hätten mir Briefe geschrieben, ich hätte allen geantwortet, ich hätte geschrieben: Eduard ist meine große Liebe, vielen Dank für Ihr Interesse. Mein Gesicht wäre auf Postkarten gedruckt worden. Ja, man hätte Postkarten mit meinem Bild verschicken können, und hätte ich sie unterschrieben, wären sie wertvoll gewesen. Wir hätten ein Haus am Land und eine Wohnung in der Stadt, unser Haus wäre so groß, dass man sich darin verirren könnte, wenn man die Wege nicht kennt. Von der Küche würde man auf eine Koppel sehen, ein Schimmel würde dort stehen, und würde ich das Küchenfenster öffnen, würde ich ihn rufen. Lanzelot, würde ich rufen, schau her zu mir. Und er, er würde wiehern, und wenn er galoppiert, würde seine Mähne im Wind wehen.

Ein schöner Mann, findest du nicht, sagt die Schwester, als sie ohne Manfred zurückkommt. Bitte mach Platz, ich muss in den Schatten, du weißt, meine Haut. Maria lässt die Schwester unter den Sonnenschirm, sie sagt: Du schwärmst zu schnell. Findest du, sagt die Schwester. Ja, sagt Maria. Freu dich doch für mich, sagt die Schwester. Ich freue mich, sagt Maria, aber meinst du, es ist gut, einen Mann vom Badestrand zu nehmen. Die Männer vom Badestrand sind keine guten. Woher sollen sie sonst kommen, fragt die Schwester, von der Straße. Vielleicht, sagt Maria, ich weiß es nicht. Was hast du mit dem Nackten gemacht, fragt die Schwester. Gesprochen, er hat mit mir gesprochen. Wie findest du Manfred, fragt die Schwester. Er hat gesagt, er wird mich anrufen. Manfred wird mich anrufen, und dann werden wir uns verabreden, Donnerstag, vielleicht schon am Donnerstag, da arbeitet er nicht so lange, ich weiß nicht, was ich anziehen soll. Und was, wenn er schlecht gekleidet ist. Die Schwester dreht sich zur Seite, sieht Maria an. Was, wenn er keinen Geschmack hat. Das ist eben das Risiko, wenn man einen vom Badestrand nimmt, sagt Maria. Das stimmt, sagt die Schwester, da hast du Recht, aber seine Badehose war schön. Es war eine schwarze Badehose, sagt Maria. Ja, sagt die Schwester, aber sie war nicht getigert, und zumindest hatte er eine Badehose. Vielleicht ist es hygienischer, keine Badehose zu tragen, sagt Maria. Meinst du, fragt die Schwester, vielleicht, sagt Maria, vielleicht, und steht auf. Ich bin gleich wieder bei dir.

Mit Sandalen sind die Schritte lauter. Maria trägt sie selten, wenn sie zum Wasser geht, weil sie verwechselt werden, weil sie gestohlen werden könnten. Das kommt immer wieder vor, sagt sie, wenn sie gefragt wird, warum. Die Hainbuche steht etwas abseits, Maria blickt sich um, ob die Schwester sie sieht. Der Mann streicht über den Baum. Da sind Sie, sagt er, als Maria kommt, und wickelt sich ein Handtuch um. Entschuldigen Sie, ich möchte Sie nicht stören, sagt Maria, aber ich weiß jetzt, wo ein gutes Kaffeehaus ist. So, sagt der Mann. Ja, sagt Maria. Werden Hainbuchen immer so groß. Nein, sie haben selten genug Platz zu wachsen, sagt der Mann. Möchten Sie sehen, was ich heute gefangen habe, sagt er, und erst jetzt bemerkt Maria die Angeln, die an dem Baum lehnen. Der Mann öffnet eine Kühlbox, er holt einen Fisch heraus, der nicht größer ist als Marias Hand. Er schlitzt dem Fisch mit einem Messer den Bauch auf, fährt hinein, Maria sieht weg, bis der Mann seine Hand ausstreckt. Sehen Sie, wie lieb das Herz ist, wie klein. Wenn Sie möchten, können Sie es behalten.

Schön, das ist doch schön. Wenn etwas schön ist, fällt es mir schwer, nein zu sagen. Ich sollte nein sagen. Aber schön ist es schon. Was meinen Sie, fragt die Kundin. Sie sehen schön aus, sagt Maria, und Schwarz ist eine klassische Farbe. Ein schwarzes Kleid können Sie auch in fünf Saisonen noch tragen. Meinen Sie, fragt die Kundin. Ja, sagt Maria, schwarz ist zeitlos, schwarz kann man immer tragen. Es ist also nichts Besonderes, sagt die Kundin. Doch, sagt Maria, doch. Ich kann mich nicht entscheiden, sagt die Kundin, das blaue oder das schwarze, was meinen Sie. Die Kundin betrachtet sich im Spiegel, sie dreht sich, sie streicht über den Stoff. In welchem Kleid fühlen Sie sich wohler, fragt Maria. Ich weiß es nicht, sagt die Kundin, sie sind beide gut. In welchem Kleid fühlen Sie sich schöner, fragt Maria. Die Kundin sieht sie lange an. Finden Sie, ich sehe darin dick aus. Maria schüttelt den Kopf, sie sagt: Nein, es betont Ihre Vorzüge. Ich habe keine Vorzüge, sagt die Kundin, ein gutes Kleid verdeckt das, was da ist. Ich würde das blaue nehmen, sagt Maria, die Farbe passt gut zu Ihren Augen. Kann ich das bei vierzig Grad in der Maschine waschen oder nur mit der Hand. Nein, das können Sie ohne Probleme waschen, sagt Maria. Sehe ich in einem schwarzen Kleid blass aus, macht es mich alt, passt es zu meiner Haut. Ich kann mich nicht entscheiden, sagt die Kundin, bekomme ich einen Rabatt, wenn ich beide nehme. Da müssen Sie Herrn Willert fragen, sagt Maria. Die Frau wendet ihren Blick nicht vom Spiegel ab. Maria möchte gähnen, sie hält die Hand vor den Mund und hustet, um nicht den Eindruck zu erwecken, gähnen zu müssen, auch wenn die Frau vor dem Spiegel nicht auf sie achtet. An manchen Tagen, wenn Maria im *Frisiersalon Sybille* gewesen ist, erkennt sie sich für einen kurzen Moment nicht wieder, wenn sie sich im Spiegel sieht. Maria mag es, wenn sie überlegt, woher ihr die Frau im Spiegel bekannt vorkommt. Genauso wie sie es mag, wenn in der Nacht ein Arm einschläft und so taub wird, dass sie ihn mit der anderen Hand nach vorne ziehen muss. So greift sich mein Arm für andere an, denkt Maria dann, und: Was wäre, wenn beide Arme gleichzeitig einschlafen, wie kommen sie dann wieder nach vorn. Wer ist Herr Willert, fragt die Kundin. Der Inhaber, sagt Maria, *Moden Willert*, Herr Willert. Und wo finde ich ihn, fragt die Kundin. Warten Sie, ich hole ihn.

Schön wäre die Arbeit, wenn die Kundschaft nicht wäre, sagt Angelika an manchen Tagen, aber nur, wenn sie sicher ist, dass Herr Willert sie nicht hört. Wenn ich etwas an der Arbeit nicht mag, dann sind es die Kundinnen, sagt Angelika, wenn sie über die Arbeit spricht. Fragt man sie, warum sie Verkäuferin geworden ist, sagt sie: Ich wusste nicht, wie die Menschen sind. Man kann sie mögen oder nicht, aber im Grunde sind die meisten doch unangenehm. Ja, toll, man kann die Ärmel der Bluse hochkrempeln, das haben Sie richtig erkannt. Ein Gürtel, das ist eine wunderbare Idee. Welche Schuhe Sie dazu tragen sollen, ich weiß es nicht, ich kenne Ihre Schuhe nicht. Und wenn sie ihre Geldbörsen halten, wenn sie an der Kassa stehen, ohne ein Wort zu sagen, wenn sie nicht grüßen, wenn sie die Boutique betreten, wenn sie sich nicht verabschieden, wenn sie die Boutique verlassen. Hätte ich noch einmal die Wahl, ich würde Bankkauffrau werden. Bankkauffrau ist ein solider Beruf, man darf sitzen, so viel man will. Dieses Stehen, dieses Stehen, den ganzen Tag. Als Bankkauffrau ist man eine Autoritätsperson, die Kundschaft vertraut einem. Man hat mit Geld zu tun, das ist doch schön, wenn man mit Geld zu tun hat, nicht. Bankkauffrau oder Zauberassistentin, sagt Angelika, wenn sie gefragt wird, was sie werden würde, hätte sie noch einmal die Wahl. Zauberassistentin, aber nicht eine, die nur die Kaninchen hält, sondern eine, die in der Kiste liegt, die der Zauberer zersägt. Eine Zauberassistentin ist die Hauptattraktion jeder Vorstellung, ohne Assistentin käme der Zauberer nicht weit, er kann doch keine leeren Kisten zersägen. Die Zauberassistentin hält das Zepter in der Hand. Hätte ich die Wahl, ich wäre Bankkauffrau, Zauberassistentin oder Königin. Und du.

Angelika ist nicht zu sehen, als Maria nach hinten geht, um Herrn Willert zu suchen. Herr Willert ist leicht zu finden. Steht er nicht bei den Taschen, hält er sich bei der Kaffeemaschine auf, nur in seltenen Fällen sitzt er untertags in seinem Büro. Ein Schneckenhaus beginnt klein im Inneren und wird nach außen hin breiter, sagt Herr Willert, wenn er im Büro den Staub von seiner Schneckenhaussammlung wischt. Das gilt auch für unsere Boutique, sagt Herr Willert dann, mein Vater hat klein begonnen, und jetzt verkaufen wir auf zwei Stockwerken. Ein Schneckenhaus hält länger als die Schnecke darin. Nur wenn man darauf tritt, zerbricht es. In Herrn Willerts Büro kommt Maria selten. Herrn Willerts Büro ist ein kleiner Raum mit zwei Fenstern, auf dem linken Fensterbrett ein Usambaraveilchen, auf dem rechten die Schneckenhaussammlung. Jedes Mal, wenn sie das Büro betritt, überlegt Maria, wie Herr Willert lüften kann, wenn auf dem einen Fensterbrett ein Usambaraveilchen steht und das andere mit Schneckenhäusern vollgeräumt ist. Vielleicht hebt er das Usambaraveilchen weg, denkt sie dann, vielleicht macht er das, er hebt es weg und stellt es auf den Schreibtisch, hoffentlich nicht auf den Boden, im Winter wäre es zu nahe an der Heizung. Das Usambaraveilchen blüht lila, es steht schon Jahre auf dem Fensterbrett, Maria weiß nicht, ob es jemals ausgetauscht wurde. Zwischen den beiden Fenstern steht der Schreibtisch, ein alter Tisch aus Eichenholz, hinter dem Herr Willert eigenartig klein aussieht, vor allem wenn er über der Buchhaltung sitzt und seinen Kopf auf die Arme stützt. Maria, was würde ich ohne Sie machen, sagt Herr Willert an manchen Tagen, und Maria weiß, dass Herr Willert auch sie meint, wenn er sagt, unsere Boutique läuft gut.

Wie geht es Ihnen, fragt Herr Willert, als Maria ihn bei der Kaffeemaschine findet, und Maria wundert sich, weil Herr Willert nie fragt, wie es ihr geht. In der rechten Hand hält er eine Tasse, mit der linken öffnet er die Laden. Gut, sagt Maria, es geht mir gut, suchen Sie etwas. Ja, sagt Herr Willert, Süßstoff. Wer hat den leeren Süßstoffspender hierher gestellt, fragt er. Maria sagt, ich weiß es nicht, ich nehme keinen Süßstoff, sie denkt: Niemand außer Ihnen verwendet Süßstoff. Es ist noch Zucker da, sagt Maria. Ja, sagt Herr Willert, aber Sie wissen doch. Ja, ich weiß, sagt Maria, aber es bleibt unter uns. Auf Herrn Willerts Hemd hat ein Kaffeetropfen einen Fleck hinterlassen, Maria überlegt kurz, wie sie sich richtig verhalten soll, sie sagt, oje, und zeigt auf Herrn Willerts Bauch. Was, fragt Herr Willert. Auf Ihrem Hemd, sagt Maria. Nein, sagt Herr Willert. Maria sagt: Flecken sind doch etwas Schönes. Wenn das Leben Flecken hinterlässt, bleibt Ihnen die Erinnerung. Woher haben Sie das, fragt Herr Willert. Ich weiß es nicht, antwortet Maria. Das ist Unsinn, sagt Herr Willert und lacht, ein Hemd darf niemals fleckig sein, auch die Hände nicht. Maria lächelt, sie sagt: Draußen wartet eine Kundin auf Sie, sie hat eine Frage.

Martha legt die Pullover zusammen, die sie zuvor einer Kundin gezeigt hat, als Maria mit Herrn Willert den Verkaufsraum betritt. Dort, sagt Maria, und

Herr Willert setzt ein Lächeln auf. Martha trägt die Haare zu einem Zopf gebunden. Nur wenn Martha von der Friseurin kommt, trägt sie die Haare offen. Sie sagt: Ich habe keine Haare, ich habe Federn, sieh dir das an, was soll ich machen. Und morgen wird das Wetter schlecht, ich brauche meine Haare nicht zu waschen, wenn es regnet. Wie du meinst, sagt Maria dann. Niemand weiß besser über das Wetter Bescheid als Martha. Martha verfolgt die Wetternachrichten, sie weiß, mit welcher Wahrscheinlichkeit es regnen wird. Martha fürchtet den Regen, außer im Sommer während langer Trockenperioden, dann sagt sie: Wann kommt der Regen, die Blumen verdursten, den Bauern wird die Ernte kaputt. Gegen Monatsende liest Martha die Zeitung besonders aufmerksam, denn gegen Monatsende wird in der Zeitung das Wetter des vergangenen Monats bewertet. Martha schneidet die Statistiken aus, im Winter sind sie auf Bilder von Schneelandschaften mit lachenden Kindern gedruckt, im Sommer auf Bilder lachender Kinder oder Mädchen in Bikinis in der Nähe von Wasser. Martha sammelt die Statistiken. Wenn schlechtes Wetter kommt, warnt sie rechtzeitig, sie sagt, das Sturmtief Joachim nähert sich, sie haben orkanartigen Sturm gemeldet, du solltest am Abend zu Hause bleiben. Eine kalte Nordwestströmung, deshalb frierst du so. Über Neufundland und Grönland ist es derzeit extrem kalt, über dem mittleren Atlantik bis zu fünfzehn Grad warm, stell dir vor. Martha lernt die Wetterberichte auswendig, denkt Maria, wenn Martha untertags im Geschäft Sätze sagt, die Maria abends in der Zeitung liest. Die Zeitung liest sie immer abends, weil sie morgens zu müde ist. Morgens steht Maria auf, langsam, sie rollt sich zur Seite, sie schiebt die Beine aus dem Bett, sie richtet sich auf. Sie isst ein Butterbrot, während sie sich anzieht, sie trinkt Kaffee, während sie sich schminkt. Dann muss sie los, pünktlich sein.

Während Herr Willert mit der Kundin spricht, schaut er nicht auf seine Uhr, er legt den Kopf zur Seite und sieht der Kundin in die Augen. Er hört ihr zu, er nickt, er sagt: Ausnahmsweise, und die Kundin folgt ihm zur Kassa. Er hat schon lange nicht mehr kassiert, flüstert Martha, kennen die sich. Ich denke nicht, flüstert Maria zurück und hilft Martha bei den Pullovern, die Kassa im Blick. Ich werde heute früher gehen, sagt Martha, ich muss rechtzeitig zu Hause sein, Albert hat Geburtstag. Maria nickt, schau, sagt sie leise, als Herr Willert die Kundin in die Taschenabteilung führt. Greifen Sie, sagt er zu der Frau, fühlen Sie, wie weich das Leder ist. Zu Ihrem neuen Kleid, ja, das wäre hübsch. Die Frau streicht über die Tasche und fährt danach durch ihr Haar: Vielleicht haben Sie Recht, vielleicht braucht es das. Herr Willert lacht, er berührt die Frau am Oberarm, er sagt: Eine gute Tasche begleitet Sie ein Leben lang, lieber eine gute Tasche als zehn schlechte, Sie haben zwei Jahre Garantie. Am Wochenende soll es bis achthundert Meter schneien, sagt Martha, stell dir vor, und das im März. Ich kann mich nicht erinnern, dass wir jemals so einen kalten März gehabt hätten. Mich friert, mich friert die ganze Zeit. Greif meine Hände an, wie kalt sie sind. Wirst du krank, fragt Maria. Nein, das ist nur das Wetter, sagt Martha.

19 Blumen nicht vergessen

An einem Sonntag, denkt Maria, als Herr Popovic vor dem Fenster zu kehren beginnt, an einem Sonntagvormittag um halb neun. Maria dreht sich zur Seite, sie hört, wie Herr Popovic Wasser in einen Metalleimer lässt, sie hört, wie er dabei pfeift. Herr Popovic, möchte Maria schreien, es ist Sonntagvormittag, halb neun, ich höre Sie, bitte nicht pfeifen, bitte nicht pfeifen. Maria schreit nicht, sie schlägt die Augen auf. Sie weiß, dass man mit Hausmeistern sorgsam umgehen muss. Ein böser Hausmeister am Morgen, macht dir nichts als große Sorgen, sagte Marias Vater, wenn Herr Haslinger schlechte Laune hatte. An Feiertagen hatte Haslinger besonders schlechte Laune. Weil alle zu Hause sind, sagte Marias Mutter dann, das mag er nicht. Maria steht auf, sie schiebt den Vorhang ein wenig zur Seite und beobachtet Herrn Popovic. Er geht mit dem Metalleimer in der Hand an der Fichte vorbei, über deren Stamm er kurz streicht, er geht mit dem Metalleimer in der Hand zum Balkon von Frau Bauer. Er muss sich auf die Zehenspitzen stellen, um zu den Blumen zu gelangen, er steckt einen Finger in die Erde und schüttelt heftig den Kopf. Nein, denkt Maria, sie hält den Atem an. Herr Popovic geht in die Knie, hebt den Eimer über den Kopf und gießt das Wasser über die Blumen. Hat sie schon wieder vergessen, ihre Blumen zu gießen, denkt Maria, weil sie weiß, was kommt: Herr Popovic wird auf seiner Schreibmaschine eine Nachricht schreiben, die er über den Postkästen an die Wand kleben wird. *Blumen nicht vergessen* wird Herr Popovic in Großbuchstaben tippen, und Frau Bauer wird den Zettel von der Wand reißen, nachdem sie es gelesen hat. Frau Bauer wird sagen: Fängt er schon wieder damit an. Herr Popovic wird daraufhin einen neuen Zettel aufhängen, den Frau Bauer wieder entfernt, woraufhin Herr Popovic einen noch größeren Zettel aufhängen und bei der Wohnungsgenossenschaft anrufen wird, woraufhin auch Frau Bauer bei der Wohnungsgenossenschaft anrufen wird, ich werde mich beschweren, wird sie vorher sagen, wenn man sie am Gang trifft, und das Haus wird gespalten sein, alle werden Stellung beziehen, eine verfahrene Situation, denkt Maria. Die Bewohnerinnen und Bewohner der unteren Stockwerke schlagen sich tendenziell auf Herrn Popovics Seite, weil sie öfter mit ihm zu tun haben als die anderen. Sie haben Recht, man muss sich um seine Blumen kümmern, man kann sie nicht verdursten lassen, wird Maria sagen, wenn sie mit Herrn Popovic über den Vorfall spricht. Es wird sich über den ganzen Sommer ziehen, in den Herbst hinein, bis der Winter kommt, denkt Maria, als sie sieht, wie Herr Popovic Wasser über die Blumen gießt und flucht, als es auch ihn erwischt. Guten Morgen, Herr Popovic, ruft Maria aus dem Fenster in den Hof. Guten Morgen, Frau Beerenberger, wie geht es Ihnen. Gut, sagt Maria, die Sonne scheint, was für ein schöner Tag. Und Ihnen, Herr Popovic, geben Sie auch am Sonntag keine Ruhe. Herr Popovic zupft Frau Bauers Blumen die welken Blätter ab. Es gibt viel zu tun, sagt er und wirft die Blätter in den Eimer, sehen Sie sich um, der Sommer steht vor der Tür, da muss man gut vorbereitet sein. Gepflegt soll der Hof im Sommer aussehen, nicht geschniegelt, aber gepflegt, ordentlich. Da haben Sie noch viel Arbeit vor sich, sagt Maria. Meinen Sie, antwortet Herr Popovic und schaut auf die Wiese, wo die Abdeckung neben der Sandkiste liegt. Ja, es gibt immer etwas zu tun. Ich möchte einen Weg von hier zur Sandkiste legen, damit die Kinder nicht immer in das Gras treten, sehen Sie, hier wird die Wiese schon braun. Das ist eine gute Idee, Herr Popovic, aber die älteren Kinder werden sich nicht an die Wege halten. Meinen Sie, antwortet Herr Popovic und stellt den Eimer bei den Mülltonnen ab. Er flucht, als er bemerkt, dass jemand einen Karton in den Restmüll geworfen hat. Herr Popovic sagt: Nichts wird besser. Er greift an seinen Bart, dann holt er den Karton aus dem Müll.

Haben Sie gesehen, wer das war, fragt Herr Popovic, die Tonne für das Altpapier steht doch gleich hier drüben. Nein, leider, sagt Maria, aber Sie sollten jetzt ohnehin zu Ihrer Frau gehen, es ist Sonntag, der Tag des Herrn, am siebten Tag sollst du ruhen, Sie wissen doch. Ich glaube nicht an die heilige katholische Kirche, sagt Herr Popovic und nimmt den Karton aus dem Müll.

18 Das blühende Leben

Maria erschrickt, weil die Lautsprecher krachen und die Musik anders klingt als sonst. In der ersten Reihe sitzen die Verwandten, dahinter die Bekannten. Walters Mutter hat neben Maria Platz genommen, sie sagt: Dass ich ihn überlebe, und stützt das Kinn auf ihren Gehstock. Maria möchte über ihren Rücken streichen, aber sie hält ihre Hand zurück, sie mag das nicht, denkt Maria und schaut auf den Sarg, ein Nagel liegt auf dem Boden davor. Im Saal riecht es nach Blumen, die schon eine Weile im Wasser stehen. Die Wände sind aus hellem Marmor, der Boden ist dunkler. *Das blühende Leben* steht auf dem Papier, das um die Rose gewickelt ist, die Marias Schwester auf ihrem Schoß liegen hat. Maria möchte lachen, sie denkt, was abgeschnitten ist, lebt nicht mehr. Walter mochte keine Schnittblumen. Walter mochte Löwenzahn, und ein gepflückter Löwenzahn bleibt nicht lange frisch. Schneidet man seinen Stängel ein, kringelt er sich zusammen, das freute Walter jedes Jahr im Frühling, und Maria sagte: Walter, du bist ein Kind, du bist ein Kind geblieben.

Walters Verwandte tragen Tracht. Spielt wirklich keine Blasmusik, haben sie zuvor gefragt. Nein, das ist hier nicht üblich, hat Maria geantwortet. Warum nicht, hat Walters Bruder gefragt und Maria auf die Schulter geklopft, es tut mir leid. Warum muss sie ihn in der Stadt eingraben, das werden sie denken, denkt Maria. Die Tracht ist nichts Schlechtes, sagte Walter manchmal, eine Tracht ist keine politische Einstellung. Maria schaute ihn dann lange an, sie sagte, du bekommst mich in keine Tracht, mein Leben lang nicht. *Das Leben ist ein Hund, es beißt und hat Flöhe, hat ganz kurze Dackelfüße und rennt viel zu schnell.* Walter mochte dieses Lied, wird sie später zu den Verwandten sagen, wenn sie fragen, was das für eine Musik war. Maria sucht nach einem frischen Taschentuch, der Pfarrer steht auf und geht zum Rednerpult. Er liest den Lebenslauf, den Maria mit der Schwester erstellt hat. Er liest: Arbeit war sein Leben, und Maria schnäuzt sich beim Wort *Leben*. Immer an seiner Seite Maria, die er vor zwanzig Jahren an einem Frühlingstag kennengelernt hat. Der Pfarrer hebt jedes Mal seinen Arm, wenn er Walters Namen nennt. Unser lieber Verstorbener Walter Beerenberger. Und als der Pfarrer zum fünften Mal den Arm hebt, fällt Maria ein, woher sie ihn kennt. Walter und Maria haben ihn vor zwei Wochen im Fernsehen gesehen, wie er Tiere segnete. Hunde, Katzen, ein Pferd, ein Lama, eine Schlange, einen Waldkauz. Willi, sagte der Pfarrer, als er dem Pferd über seine Blesse strich, hallo Willi. Du, auf die Fürbitte des Heiligen Franziskus segne und behüte dich der allmächtige Gott, der Vater, der Sohn und der heilige Geist.

17 Einsargen

Pflegehemden werden im Nacken gebunden, sie lassen sich im Liegen überstreifen, sie können blauweiß gemustert sein und enden bei den Knien. Walter trug kein Pflegehemd, er legte sich nach dem Essen in Pullover und Jogginghose auf das Sofa, während Maria zum Duschen ins Badezimmer ging. War schon jemand zum Einsargen da, fragt die Schwester am Telefon. Maria nickt. Maria, sag etwas, ich höre dich nicht. Ja, es ist alles erledigt, es sind schon alle weg. Ich fahre sofort los, sagt die Schwester, ich bin in einer Stunde bei dir, ist Isolde zu Hause, geh hinüber zu ihr, ich komme gleich. Maria legt den Hörer auf, sie räumt das Geschirr vom Wohnzimmertisch in die Küche, sie kippt die Reste des Abendessens in den Mülleimer, Schnitzel und Kartoffeln, sie wäscht die Teller ab, wäscht das Besteck ab. Maria wischt die Arbeitsplatte, sie reibt an einem Fleck, der dort seit zwei Jahren ist. So eine Unordnung, denkt sie und hält ein Tuch unter den Wasserhahn, tropft Allzweckreiniger darauf. Sie geht hinüber zum Esstisch, sie sieht das Sofa nicht an, sie wischt den Esstisch, rückt die Sessel zurecht. Maria geht mit dem feuchten Tuch durch die Wohnung im Kreis, sie wischt alle Flächen, bis sie nicht mehr weiter weiß. Maria möchte staubsaugen, aber sie möchte Herrn Popovic nicht wecken, der immer früh schlafen geht. Sie möchte nicht, dass Herr Popovic an ihre Tür klopft, dass jemand mit ihr spricht, dass jemand fragt: Was ist passiert. Was. Das tut mir leid. Das ist schrecklich, brauchen Sie Hilfe. Im Schlafzimmer liegt das Buch aufgeschlagen auf Walters Nachttisch, so wie es Maria vor einiger Zeit hingelegt hat. Maria wirft den Putzfetzen auf Walters Bettseite. Du Idiot, sagt sie, du Idiot.

Möchten Sie ein Stofftier oder eine Spardose, fragt der Bankberater, die Handtücher sind leider schon weg. Schade, sagt Walter, ich hätte gern das Handtuch gehabt. Ja, sagt der Bankberater, die Handtücher waren sehr beliebt. Wir nehmen das Stofftier, sagt Maria, ein Sparschwein haben wir schon. Maria steckt das Stofftier in ihre Handtasche, sie sagt zu Walter: Lass uns beim Supermarkt vorbeifahren, wir brauchen Butter, die ist heute im Angebot. Gut, sagt Walter, was gibt es am Wochenende zu essen, wir haben schon lange kein Schnitzel gehabt. Schau, sagt Walter, als sie an der Bar am Eck vorbeifahren, die bauen um. Das war längst nötig, sagt Maria, pass auf, die Katze.

Wenn man etwas drei Jahre hintereinander macht, ist es eine Tradition, sagt Walter. Es ist eine Tradition, dass Walter und Maria am Vorabend das Sparschwein öffnen. Maria sperrt dazu den Deckel mit einer Münze auf, Walter hält einen Plastiksack darunter, in den die Münzen fallen, den Walter zuknotet, wenn alle Münzen hineingefallen sind. Die Münzen werden am Weltspartag in der Bank in den Münzzähler geworfen. Wie ein Gebirgsbach, sagt Maria, wenn die Münzen durch die Maschine fallen, und Walter hält den Münzzähler im Blick. So viel, sagt er, wenn die Münzen gezählt sind, oder: So wenig. Die Geschenke waren früher besser, hat Walter an diesem

Oktobertag gesagt, als er mit Maria die Bank verlassen hat. Was machen wir mit dem Stofftier. Maria hat seine Hand genommen, fährst du, oder fahre ich, hat sie gefragt.

Die Bar am Eck wird umgebaut, und Walter schaltet den Blinker ein, als sie sich der nächsten Kreuzung nähern. Die Sonne scheint, Blätter wehen über die Straße, es riecht nach Rauch, weil jemand in seinem Garten Laub verbrennt. Kommst du mit, fragt Maria, als sie auf dem Supermarktparkplatz die Autotür öffnet. Ja, sagt Walter und sucht in seiner Geldbörse nach einer Münze. Er flucht, weil er keine findet und wechseln muss. Als Walter zurückkommt, nimmt er einen Einkaufswagen von der längsten Schlange, er stützt sich mit den Unterarmen auf dem Einkaufswagen ab. Im Supermarkt läuft Musik, und Maria summt leise mit, als sie ein Lied erkennt. Vom Schwein oder vom Kalb, fragt Maria, als sie vor der Fleischvitrine steht. Vom Kalb, sagt Walter, Prinzessin, heute ist Weltspartag.

15 Unter Samthandschuhen

Walter, sagt Maria, kommst du bitte, ich möchte dir etwas zeigen. Es ist Samstagabend, Walter sitzt vor dem Fernseher, er sagt: Nicht jetzt, oder ist es wichtig. Ja, sagt Maria, komm rüber. Maria sitzt auf dem Bett, sie wickelt ihre Haare um den Zeigefinger. Aus dem Wohnzimmer ist der Fernseher zu hören, eine Frauenstimme lacht, kurz darauf ein Schuss. Maria weiß, dass sie sich beeilen muss, weil Walter bald vor dem Fernseher eingeschlafen sein wird. Walter, ruft Maria. Sie hält das Buch auf dem Schoß, sie hat den Daumen zwischen Seite zweihundertachtzig und zweihunderteinundachtzig. Walter, kommst du bitte, ruft Maria und steht auf, sie wechselt den Finger im Buch. Walter sitzt im Lehnstuhl, die Augen geschlossen, aber er schläft noch nicht. Wenn Walter schläft, dann schnarcht er, das weiß Maria, sie sagt: Du bist noch wach, lies das, Walter. Walter öffnet die Augen, er streckt sich. Was soll ich machen, fragt er. Auf dich achten, sagt sie. Ich muss mehr schlafen, sagt Walter, ich muss gut essen, dann ist alles in Ordnung. Du solltest zum Arzt gehen, sagt Maria. Die Frau im Fernsehen liegt tot am Boden, zwei Männer stehen neben ihr und sehen auf sie hinunter, einer raucht. Maria hält Walter das Buch hin, sie sagt: Lies das, bitte. Lass mich, sagt Walter, ich bin müde. Er steht auf, er geht hinüber in die Küche, öffnet die Balkontür, zündet sich im Freien eine Zigarette an. Und rauchen sollst du auch nicht, flüstert Maria, aber das hört Walter nicht.

Maria schaltet den Fernseher aus. Sie geht hinüber in die Küche, sie beobachtet Walter durch die Balkontür, verschränkt die Arme vor der Brust. Bald wird er hereinkommen, denkt sie. Das Buch hat sie mit in die Küche genommen, die Küchenuhr tickt und der Kühlschrank brummt, es kracht, als die Nachbarkinder auf der Straße einen Böller werfen. Er ist wie ein Kind, denkt Maria, er ist wieder in den Socken auf den Balkon gegangen, er wird sich erkälten, er ist alt genug, das zu wissen. Raucht er noch, wirft er wieder den Zigarettenstummel in den Blumenkübel, ja. Walter, die Blumen, sagt Maria, als Walter die Balkontür öffnet, es steht doch ein Aschenbecher draußen. Walter schließt die Balkontür, er lehnt seinen Körper dagegen und dreht den Griff nach unten. Hast du mir vorhin zugehört, fragt Maria. Walter, bitte, sie hält ihn am Arm. Walter schüttelt sie ab. Er spricht laut: Und wie stellst du dir das vor. Dass ich den ganzen Tag zu Hause sitze, möchtest du das. Walter, sei leise, sagt Maria, Herr Popovic schläft schon. Lass mich in Ruhe, murmelt Walter und geht in Richtung Wohnzimmer. Maria hält ihn fest. Walter, bitte, sagt sie, ich mache mir Sorgen, du siehst schlecht aus. Walter stößt sie weg. Und was ist mit dir, Maria. Sieh dich an, was bist du, eine Verkäuferin, die in die Jahre gekommen ist, eine, die von den großen Tagen träumt. Sieh mich an, und jetzt, jetzt ist es dir nicht gut genug, was ich mache. Was bist du für eine Frau, die weint, wie ein Kind. Walter packt Maria an den Handgelenken, nicht einmal Kinder hast du, du bist eine Frau, die den Bauch einzieht, wenn sie vor dem Spiegel steht. Marias Handgelenke schmerzen, und sie weiß, dass sie schnell sein muss, wenn Walter wütend ist. Maria zieht ihre Hände weg, als Walter den Griff lockert, sie nimmt das Buch von der Küchenanrichte und dreht sich um. Du bist ein Versager, sagt sie leise, als sie an Walter vorüber ins Schlafzimmer geht, ein undankbarer Versager, und sie zieht den Kopf ein, während sie an ihm vorübergeht, weil sie weiß, was kommt. Aber Walter tritt nur gegen Marias Unterschenkel, einmal, zweimal, Maria strauchelt, aber sie geht weiter, schnell, schließt die Schlafzimmertür hinter sich ab. Walter wird gegen die Tür trommeln, ehe er die Wohnung verlässt. Walter wird gegen die Tür trommeln, aber Maria wird sie nicht öffnen, nein, sie wird warten.

14 Barfuß im Regen

Einen schönen Nachmittag, hier spricht Hannelore, ich wünsche mir das Lied *Barfuß im Regen*, weil ich zwei Stunden Bügelwäsche vor mir habe. Ich grüße damit meine Familie, meine Verwandten und meine Freundin Cordula. Liebe Hannelore, warum wünschen Sie sich dieses Lied, fragt der Radiomoderator. Hannelore schweigt, dann sagt sie: Weil es mir gefällt. Die ersten Akkorde erklingen, und Maria dreht das Radio lauter, aber nur so laut, dass Walter die Musik durch die geschlossene Tür nicht im Schlafzimmer hört. Sie legt das Messer zur Seite und streckt ihre Arme aus. *Barfuß im Regen tanzen wir zu zweit, und wir tanzen und tanzen und tanzen. Süß ist dein Kuss, ein Hauch von Sonnenschein, und wir küssen und küssen und küssen.* Der Mann singt, und Maria singt leise mit: *Wir vergessen die Welt vor Liebe bei Sonnenschein und Regen, heiß, die Herzen so heiß vor Liebe, die wir uns heute geben.* Schon lange nicht mehr gehört, sagt der Radiomoderator, ein schönes Lied an einem Regentag, und wir sollten uns an den Regen gewöhnen, die nächsten Tage werden nicht besser. Maria dreht das Radio leiser, sie schneidet weiter das Kraut. Das Brett ist zu klein, und einige Krautstücke fallen auf den Boden, Maria wird sie später aufheben. Sie holt das Kochbuch aus dem Regal, sie schlägt es vorsichtig auf, weil sich die Seiten lösen. *Frohe Feste – liebe Gäste*, liest Maria auf Seite hundertsiebenundachtzig, und dann: *Tischschmuck dem Anlaß entsprechend. Besonders wenn Prinz Karneval sein Szepter schwingt, sind unserer Phantasie keine Grenzen gesetzt. Bunte Lampions geben stimmungsvolle Beleuchtung. Konfetti und Papierschlangen schmücken unsere Tische, und über allem herrscht – die frohe Laune.*

Walters Eltern brauchen keinen Tischschmuck, denkt Maria und sucht im Kochbuch nach einem Rezept für Krautsalat. Sie öffnet den Ofen und übergießt den Braten, zwei Stunden noch, die Kruste muss gelingen, denkt Maria, sonst hören sie wieder nicht auf, vom Beerenbergerbraten zu reden. Ein Beerenbergerbraten hat eine Kruste, die man gut kauen kann, das Beste an einem Braten ist seine Kruste, und eine Beerenberger ist nur, wer einen Braten richtig zubereiten kann. Warum hast du diese Frau geheiratet, das sagen Walters Eltern nicht, aber sie lassen die Kruste übrig, wenn sie nicht knusprig ist. Zwei Stunden noch, denkt Maria, ich muss Walter wecken. Walter kam gestern spät nach Hause. Als er sich ins Bett legte, sagte er: Stell dir vor, der Musiker sagte, es freut uns, dass wir heute hier im Ort spielen dürfen. Im Ort, erzählte Walter, als ob wir in einem Dorf leben. Dieser Ort hat zwölftausend Einwohner, dieser Ort ist eine Stadt, habe ich ihm gesagt. Und dann, fragte Maria, sie drehte sich zur Seite, weg von Walters Atem, sie legte ihren Arm unter den Polster. Dann spielten sie *In the Ghetto*, aber eine schnelle Version.

13 Unter Nachbarn

Der Tisch ist gedeckt, als Maria und Walter das Wohnzimmer betreten. Isolde, das wäre nicht nötig gewesen, sagt Maria. Fünf Sorten Wurst liegen aufgeschnitten auf einem Teller, daneben steht eine Schüssel mit Eiaufstrich, ein Korb mit Brot, dahinter ein Glas Salzstangen, dahinter eine Flasche Rotwein, eine Flasche Weißwein, eine Flasche Mineralwasser. Den Kaffee werden wir überspringen, sagt Isolde, zum Kaffeetrinken kommt ihr nicht zu mir, dazu ist unsere Zeit zu kostbar. Ihr seid bestimmt durstig, ich bringe noch Gläser, setzt euch, meine Kinder, setzt euch, wohin ihr möchtet. Die Gläser, die Isolde aus dem Schrank nimmt, sind kalt, weil der Schrank an der Außenmauer steht. Greift, sagt Isolde jedes Mal, wenn Maria und Walter auf Besuch kommen, greift und fühlt, wie kalt die Gläser sind. Wenn der Schrank hier nicht an der Mauer stünde, stellt euch vor, wie kalt es in der Wohnung wäre. Maria schüttelt jedes Mal den Kopf, Walter hält ein Glas an seine Wange, er fragt: Darf ich im Sommer wiederkommen, und lacht. Auf dem Trockenen schwimmt man schlecht, sagt Isolde, auch heute, als Walter das Glas an seine Wange hält, pur oder gespritzt, fragt sie und schenkt Walter Weißwein ein. Wie immer, sagt Walter, und Isolde gießt den Wein mit Mineralwasser auf. *Ihr Gastgeber Frau Mayr Isolde begrüßt Sie herzlich* steht auf den Bierdeckeln, die Isolde danach aus der Küche holt und unter die Gläser schiebt. Ein schönes Abschiedsgeschenk, nicht, sagt sie. Es ist Herrn Willerts Idee gewesen, erzählt Maria. Bestimmt, sagt Isolde und lächelt, während Walter sein Glas auf den Tisch stellt und den Bierdeckel betrachtet. Franz macht sich über so etwas viele Gedanken, wie geht es ihm, isst er ausreichend, hat er wieder abgenommen.

Der Tisch steht an der Wand, Isolde hat ein Tischtuch über ihn gelegt, es ist kariert, und der Fleck ist immer noch da, wo er schon bei den Besuchen zuvor gewesen ist. Isolde stellt die Flaschen auf den Fleck, es kommen ohnehin neue dazu, sagt sie, wo getrunken wird, bleiben Spuren. Manchmal sagt sie auch: Das Leben geht nicht ohne Spuren an einem vorbei. Walter sagt dann: Das Leben geht nicht an einem vorbei, das Leben geht mit einem, woraufhin Isolde sagt: Hör mir mit dem Leben auf.

Danke, sagt Walter, als Isolde ihm das Glas hinschiebt. Er trinkt einen Schluck, er fährt durch seine Haare. Einen stillen Mann hast du, sagte Isolde zu Maria am Gang vor der Wohnung, nachdem Maria mit Walter zum ersten Mal auf Besuch gekommen war. Einen stillen Mann, der gut isst und viel trinkt. Danke, sagte Maria, und Isolde fragte: Warum bedankst du dich. Hast du Herrn Popovic gesehen, die Glühbirne in der Waschküche ist durchgebrannt. Vorhin war er im Hof bei den Mülltonnen, antwortete Maria, und Isolde machte sich auf die Suche.

Danke, sagt Walter, als Isolde ihm das Glas hinschiebt, er fährt durch seine Haare. Wie viele du noch hast, sagt Isolde, mein Mann hatte in deinem Alter schon alle verloren. Mein Mann, sagt Isolde, und dann: Ich habe neuen Schnaps geholt, möchtet ihr welchen, oder warten wir, bis es dunkel wird. Essen wir zuerst, esst, ich habe noch ausreichend in der Küche.

Schnaps kauft Isolde von einer kleinen Frau am Markt, die größer wäre, wenn sie aufrecht stünde. Allerdings, sagte Isolde, als sie zum ersten Mal von der Marktfrau erzählte, allerdings hat sie weniger weit, wenn sie nach den Flaschen greift. Als Maria zu Isoldes Geburtstag am Markt ein Geschenk kaufen wollte, staunte sie über die Frau, weil sie gedacht hatte, es wäre eine kleine Frau. Das ist keine kleine Frau, das ist eine sehr kleine Frau, wollte Maria am nächsten Tag zu Isolde sagen, aber sie hielt sich zurück, weil sie nichts verraten wollte. Isolde wurde fünfzig, und die Kolleginnen schenkten ihr fünf Schnapsflaschen, eine für jedes Jahrzehnt. Auch Herr Willert zahlte mit, aber er sagte: Schenkt man Frauen nicht besser Blumen, und kaufte einen Strauß Rosen, fünfzig Rosen, eine für jedes Jahr. Die Schnapsfrau bindet ihr Kopftuch unter dem Kinn zu einem Knoten, hellere Blumen sind darauf als auf ihrem Kittel, ihre Hände sind schmutzig, sie verkauft Schnaps und zwei Sorten Äpfel. *Berner Rose* und *London Pepping* steht in roter Schrift auf den Schildern vor den Obstkisten, auf dem einen wurde mit schwarzer Farbe ein

Buchstabe nachgetragen. Sie haben schöne Äpfel, sagt Maria seither jedes Mal, wenn sie am Markt vorbeikommt, und die Frau antwortet: Prima Äpfel, das sind Äpfel, die können Sie lange lagern. Mein Sohn sagt: Wenn du stirbst, fälle ich deine Bäume, sobald du tot umfällst, schneide ich sie alle um. Darf es ein Kilo sein, Berner oder Pepping.

Maria schiebt den Teller zur Seite, nachdem sie zwei Brote gegessen hat. Möchtest du nichts mehr, fragt Isolde, warte, ich habe etwas vergessen, sagt sie und steht auf. Sie kommt mit einer Schachtel zurück, in der sie Servietten von Gasthausbesuchen sammelt. Sucht euch eine aus, sagt sie, aber nicht die dicken, die verwenden wir nur zu Weihnachten. Maria entscheidet sich für eine Serviette mit dem Aufdruck *Guten Appetit*, Walter für eine rote mit blauen Verzierungen. In dem Moment, als Isolde ihr Wein nachschenkt, weiß Maria, dass sie auch an diesem Sonntagnachmittag die Kontrolle verlieren wird. Danke, sagt sie und trinkt. Was gibt es Neues, fragt Isolde. Die Neuen sind kein Ersatz, sagt Maria, aber es war auch nicht zu erwarten, dass zwei junge Mädchen dich ersetzen können. Und Franz, fragt Isolde. Herr Willert schlägt oft die Hände über dem Kopf zusammen, er sagt: Musste es so kommen. Er hat ein Auto und eine neue Kaffeemaschine gekauft. Ein Auto, fragt Isolde, er hat doch keinen Führerschein. Das haben wir auch gesagt, erzählt Maria. Und, fragt Isolde. Er hat nichts dazu gesagt, der Autoschlüssel liegt auf seinem Bürotisch. Er hat schon wieder vergessen, das Usambaraveilchen zu gießen. Zwei linke Hände und kein grüner Daumen, sagt Isolde, und Maria dreht ihr Glas in der Hand. Bist du nervös, fragt Walter. Nein, ich spiele nur.

Habt ihr sie schon gesehen, fragt Isolde nach dem dritten Glas Wein. Wen, fragt Maria. Die neuen Nachbarn, sagt Isolde. Ja, antwortet Maria und schweigt. Isolde schüttelt den Kopf, Walter isst eine Salzstange. Wie ein Hase, denkt Maria und möchte zu ihm hinübergreifen, sagen: Bitte beiß größere Stücke ab, es ist genug für alle da. Isolde sagt, es ist fürchterlich. Das Licht brennt noch nach Mitternacht und ist so hell, dass es durch meine Vorhänge kommt. Ich muss deshalb auf der linken Seite schlafen, und das ist schlecht für das Herz. Die neuen Nachbarn werden mich ins Grab bringen, sagt Isolde und geht ins Schlafzimmer, von wo sie mit einer Schachtel Pralinen zurückkommt. Die Pralinen bewahrt sie neben dem Bett auf, dort ist Platz genug. Walter sagt: Bitte nicht. Doch, sagt Isolde, das muss sein, und schüttet die Pralinen in eine Kristallschüssel. Die neuen Nachbarn sind fürchterlich, sie werden mich in meinem ersten Pensionsjahr ins Grab bringen, sagt Isolde und wickelt eine Praline aus dem Goldpapier. Ich wollte noch reisen, der Pensionistenverband hat gute Angebote. Ich wollte mit Frau Rosenauer ein Zimmer teilen, Frau Rosenauer vom Haus an der Ecke, Maria, du kennst sie. Sie hat oft bei uns eingekauft, früher nur geblümte Stoffe, später auch Leopardenmuster. Führen wir die Leopardenblusen noch, fragt Isolde, und Maria nickt. Das sind schöne Blusen, ich hoffe, er lässt sie lange im Sortiment. Ich wollte nach Tunesien, Italien, an den Wörthersee, am Wörthersee, heißt es, sind die Zimmer besonders schön. Ich wollte an den Donnerstagen ins Hallenbad und meine Verwandten mit dem Zug besuchen. Die neuen Nachbarn sind fürchterlich, sie werden mich ins Grab bringen. Man zieht etwas an, wenn man in der Wohnung sitzt, und man schließt die Vorhänge beim Geschlechtsverkehr. Isolde schenkt Wein nach. Der Mann wird diese Frau nicht lange haben, das sehe ich über die Straße, solche Frauen sind nicht für die Ewigkeit. Isolde trinkt einen Schluck, sie sagt: Es ist wie mit der Frau aus dem zweiten Stock, ich habe ihren Namen vergessen. Ihr Mann ist sehr krank, er hat im einschlägigen Gewerbe als Türsteher gearbeitet, dort dürfte er sie kennengelernt haben, hat Frau Bauer erzählt. Die Frau aus dem zweiten Stock hat ein Kind und einen kleinen Hund, ich vermute, dass sie als Prostituierte tätig ist. Walter fragt nach Schnaps, aber Isolde hört ihn nicht. Sie sagt: Der Mann ist sehr krank, vor kurzem hat ihn die Rettung nach Hause gebracht, sie haben an der Tür geläutet, ich weiß nicht, warum er keinen Schlüssel bei sich hatte. Das geht jetzt nicht, sagte die Frau. Sie sagte: Das geht jetzt nicht, sie ließ ihn nicht in die Wohnung. Und dann, fragt Walter. Was du alles wissen möchtest, sagt Isolde, die Häuser haben Wände und keine Ohren, ich hole Schnaps.

Ich trinke Wasser, sagt Maria und greift nach der Mineralwasserflasche. Isolde schüttelt den Kopf, Mariechen, ich bringe dir Likör. Mariechen wird Maria von Isolde genannt, wenn Isolde gut gelaunt ist. Gut gelaunt ist Isolde, wenn das Wetter angenehm ist, aber so einfach lässt sich Isoldes Laune nicht erklären, sagte Maria zu Walter einmal, als sie schnell die Tür schloss, weil sie Isolde die Wohnungstür aufsperren hörte. Gut gelaunt ist Isolde, wenn ihre Haare richtig sitzen, wenn sie etwas Schönes erlebt hat, wenn das Wetter stimmt, wenn ihre Verwandten auf Besuch kommen. Ich erkenne es an ihren Augen, sagte Maria zu Walter. Ich merke keinen Unterschied, sagte Walter etwas zu laut, was du alles in den Augen siehst.

Mariechen, möchtest du Himbeer- oder Nusslikör, fragt Isolde, sie stützt sich am Türrahmen ab. Du weißt doch, sagt Maria, ich trinke keinen Likör. Ich weiß, sagt Isolde, aber bevor du beginnst, Wasser zu trinken.

Trink langsamer, sagt Maria zu Walter, als Isolde den Schnaps aus dem Kinderzimmer holt, dein rechtes Auge wird klein. Dein Trinkerauge, flüstert Maria. Walter streicht über sein Auge, er sagt: Sei ruhig, und nimmt ihre Hand von seinem Oberschenkel. Walters Augen sind braun und Marias Augen grün, schlammfarben wären sie, würde man sie zusammenmischen. Maria richtet ihren Rücken auf, sie legt ihren Kopf auf die linke Seite, Walter abgewandt. Greift, wie kalt die Gläser sind, sagt Isolde, als sie zurückkommt, den Schrank öffnet und die Schnapsgläser hervorholt. Isoldes Schnapsgläser sehen aus wie kleine Biergläser. Die hat mir mein Sohn geschenkt, seid froh, dass ihr keine Kinder habt. Walter sagt: So kleine Schnapsgläser, da kommt man nicht weit. Isolde sagt: Seid froh, oder möchtet ihr Kinder, es ginge noch, und Isolde sieht Maria an, bis Maria den Kopf senkt, auf das Tischtuch schaut, einen Fleck entdeckt. Sie sagt: Walter kann nichts essen, ohne Flecken zu hinterlassen. Walter sagt: Der ist auf deiner Seite. Maria stellt ein Glas darüber: Ich habe keine Eier gegessen. Isolde sagt: Es macht nichts, ich muss ohnehin waschen, ich habe eine Waschmaschine. Mit einer Waschmaschine ist das Waschen ein Kinderspiel, ihr könnt euch nicht vorstellen, wie das früher war. Doch, sagen Walter und Maria, doch, das kennen wir noch. Zum Wohl, sagt Isolde und hebt das Glas, auf euch. Nein, sagt Maria, auf dich und die Tage, die kommen, auf die Tage, Wochen, Monate und Jahre. Auf die Welt, sagt Walter, trinken wir auf die Welt, oder das Leben. Fängst du schon wieder damit an, sagt Isolde, hör mir mit dem Leben auf.

Maria wechselt den Sender, immer nur Eiskunstlauf, denkt sie, als eine Läuferin zum Sprung ansetzt. Auf dem anderen Sender singen zwei ein Lied, der Sänger gibt der Sängerin die Hand. Sie reichen einander die Hände, denkt Maria, reich mir deine Hand, und ich reich dir mein Herz. Maria zieht die Decke über ihre Brust, sie legt die Füße auf den Tisch, sie verschränkt die Arme vor dem Bauch. Der Bühnenboden ist von Rauch bedeckt, Streicher setzen ein, die Sängerin singt, und sie blickt dem Sänger so lange in die Augen, bis auch er zu singen beginnt. Maria richtet sich auf, sie sucht die Fernbedienung, sie schaltet lauter, die Taste ist schon abgegriffen. Maria legt die Fernbedienung zur Seite, sie verschränkt die Arme, sie sieht das Paar im Fernsehen, sie hofft, dass das Lied nicht zu Ende geht. Sie sieht den Sänger lachen, als die Sängerin von der Liebe singt. Ein Lausbub, denkt Maria, wie Walter, die Augen. Wir könnten auf der Bühne stehen. Ich würde singen, du würdest Gitarre spielen, und würdest du singen, würde ich tanzen. Du hättest ein Sakko, eines, in dem deine Schultern breit aussehen, eines von denen, die wir mit der neuen Lieferung bekommen haben. Du hättest deine Gitarre über der Schulter hängen, du würdest deine Haare zerzaust tragen. Du wärst so wild, dass sich die Frauen vor ihren Fernsehgeräten in dich verlieben würden. Unsere Namen würden zu Beginn des Liedes eingeblendet werden, Maria und Walter Beerenberger. Ich würde von der Liebe singen, und du, du würdest von der Liebe spielen. Du würdest nicht lachen, wenn ich von der Liebe singe, du würdest dich mit deiner Gitarre zu mir drehen, mir mit deinen Augen Herzen schicken. Und würde ich von der Liebe singen, ich würde meine Hand auf meine Brust legen, dorthin, wo ich das Herz vermute, ich bin mir nicht sicher, ob es links ist oder rechts, dort, wo es schlägt, wird es sein. Ich möchte mein Herz nicht schlagen hören, davon würde ich nicht singen. Ich würde von der Liebe singen. Ich würde einen kurzen Rock tragen, und wenn wir die Bühne verlassen, würdest du mir zuflüstern, keine ist so schön wie du. Aber unsere Mikrofone wären noch an, und alle Menschen im Saal würden hören, dass ich für dich die Schönste bin, ein entzückendes Paar, würden sie sagen, ein entzückendes Paar.

11 Der Heilige Abend

Hast du an Lametta gedacht, meine Mutter schmückt den Baum immer mit Lametta, zuerst musst du die Kugeln aufhängen, dann die Kerzen anbringen, und am Schluss das Lametta, Lametta sind die Tränen

Jesu, sagt Mutti. Walter, du bist erwachsen, sagt Maria und stellt den Karton mit der Weihnachtsdekoration auf den Tisch. Kannst du den Baum noch gerade richten, warte, ich lege ein Tischtuch unter. Es sieht nicht schön aus, sagt Walter, unser Baum zu Hause ist weit größer, größer und schöner geschmückt. Der Baum ist noch nicht geschmückt, sagt Maria und nimmt eine Kugel aus dem Karton. Sieh dir an, was du gekauft hast, das kann nicht schön werden, sagt Walter, solche Kugeln haben wir zu Hause nicht. Walter, du bist sechsunddreißig, sagt Maria, wir sind seit sechs Jahren verheiratet, da kann man Weihnachten ohne seine Eltern feiern. Walter schweigt, er schaltet das Radio ein, Maria hängt die erste Kugel an den Baum. Im Radio erzählt der Moderator davon, wie Weihnachten früher gewesen ist, als Kinderaugen noch leuchteten, als alle weniger hatten, aber umso glücklicher waren. Hörst du, sagt Walter, wir brauchen keinen glitzernden Weihnachtsschmuck, der Mann hat Recht. Walter, sagt Maria, kannst du bitte den anderen Karton aus der Küche bringen, dort sind die Kerzen. Gleich, sagt Walter, ich stehe gleich auf. Maria sieht Walter an, wie er auf dem Sofa liegt, sie sieht seinen Bauch unter dem Pullover. Der Pullover ist zu kurz oder der Bauch zu groß, denkt sie und hängt die zweite Kugel auf.

Bevor es dunkel wird, holt Walter die Gitarre aus dem Schlafzimmer, er bewahrt sie im Kasten auf. Die Gitarre ist verstimmt, Walter spielt selten, er streicht über die Saiten, bevor er beginnt, sie zu stimmen. Du solltest wieder öfter spielen, sagt Maria, als sie an ihm vorübergeht, einen Ohrring durch ihr Ohrloch steckt. Wie meinst du das, fragt Walter. Ich meine, du solltest wieder öfter Gitarre spielen, sagt Maria, mehr nicht. Während Walter die Gitarre stimmt, beugt er sich über sie und hält den Kopf schief, er sagt: Wir müssen uns beeilen, zu Hause haben wir um diese Uhrzeit schon Bescherung, und Mutti hat gesagt, sie ruft nach der Bescherung an. Hast du ihr Geschenk schon verpackt, wir müssen morgen früh los, ich möchte noch in den Wald, zu den Nachbarn, in die Messe. Mutti freut sich bestimmt, wenn du ihr in der Küche hilfst, Weihnachten ist viel Arbeit. Die Gans muss lange braten, aber die Gans macht nicht die meiste Arbeit, die meiste Arbeit machen die Kinder, sagt Mutti. Walter lächelt. Er streicht noch einmal über die Gitarre. Wollen wir, fragt er, aber vielmehr sagt er es. Warte noch einen Moment, antwortet Maria, ich zieh mich schnell um.

Der Christbaum steht auf einem kleinen Tisch, dort wo ansonsten der Philodendron steht. Walter hat den Philodendron am Morgen in die Küche getragen, Maria hat gesagt: Hoffentlich überlebt er das. Die Tür zur Küche schließt Walter, bevor er das Wohnzimmer betritt. Maria hat die Kerzen angezündet, sie steht vor dem Baum, in einem schwarzen Kleid, sie faltet die Hände, sie fragt: Wo sollen wir stehen. Walter spielt die ersten Akkorde, die erste Strophe spielt er ohne Gesang, das haben Maria und Walter zuvor vereinbart. Sing nicht so hoch, sagt Walter, als Maria einsetzt, als Maria denkt: Eine schöne Stimme habe ich. Walter hat sich nicht umgezogen. *Schlaf in himmlischer Ruh, schlaf in himmlischer Ruh.*

Danke, sagt Maria, nachdem sie Walters Geschenk geöffnet hat, vielen Dank. Gefällt es dir, fragt er. Ja, sagt sie, aber was ist das. Ein Motorradanzug, sagt Walter, aus Leder, schwarzes Leder mit violetten Querstreifen, das siehst du doch, probier ihn an. Aber warum, fragt Maria, Walter sagt: Komm, probier ihn an. Essen wir zuerst, sagt Maria, sonst wird es kalt, und geht in die Küche. Walter bläst einstweilen die Kerzen aus.

Ja, Mutti, wir haben es schön, sagt Walter ins Telefon. Er wickelt dabei das Telefonkabel um seinen Finger. Maria hat gekocht, ja, sie hat sich Mühe gegeben, wir haben gesungen und ein Vater-Unser für die Verstorbenen gebetet, ja, es ist traurig, dass Onkel Hans nicht mehr ist. Und jetzt, jetzt werden wir es uns gemütlich machen, wir werden Kekse essen, Wein trinken, nein, keinesfalls zu viel, wir wollen morgen früh los. In der Mette waren wir schon, in der Nachmittagsmette, es war sehr schön, und ich gehe lieber am Nachmittag in die Kirche, man ist dann nicht so müde und versteht die Predigt besser. Ich freu mich auf morgen, habt einen schönen Abend und grüß alle lieb von mir. Walter, du hast deine Mutter angelogen, sagt Maria, nachdem Walter aufgelegt hat. Sie lehnt an der Wand, hält ein Glas Rotwein in der

Hand. Wir waren nicht in der Mette. Ich weiß, sagt Walter, aber sie muss nicht alles wissen, und du wirst morgen erzählen, dass dich die Predigt berührt hat, dass du jetzt wieder öfter in die Kirche gehen möchtest. Nein, sagt Maria, das mache ich nicht, ich lüge niemanden an. Ich lüge nicht, sagt Walter. Was dann, fragt Maria. Komm, lass uns essen, das Essen ist bestimmt schon kalt.

Schmeckt es dir, fragt Maria. Ja, sagt Walter. Aber wenn man sein Leben lang am Heiligen Abend Bratwürste gegessen hat, und dann gibt es Karpfen. Walter, du redest wie ein alter Mann. Aber wenn es so ist, sagt Walter und schneidet den Fisch in Stücke. Maria denkt: Ich bin früh aufgestanden, ich habe dem Mann am Markt zugesehen, wie er den Fisch aus einem Bottich geholt und mit einem Holzstück erschlagen hat, ich habe dem Mann zugesehen, wie er den Fisch in Stücke gehackt hat, und die zappelnden Stücke nach Hause getragen. Maria sagt: Man muss auch mal etwas Neues versuchen. Das stimmt, sagt Walter, freust du dich über mein Geschenk. Walter, du hast da etwas, sagt Maria und greift an seinen Pullover. Danke, Mutti, sagt Walter und wischt sich den Mund mit einer Weihnachtsserviette. Möchtest du jetzt deinen Motorradanzug probieren, er passt dir bestimmt, der Verkäufer hat gemeint, das ist etwas für Frauen wie dich. Der Verkäufer kennt mich nicht, sagt Maria. Doch, sagt Walter, ich habe ihm zwei Fotos von dir gezeigt. Eines, auf dem du lachst, ein zweites, wo du am Badestrand liegst. Du hast ihm das Foto vom See gezeigt, fragt Maria. Ja, das habe ich, sagt Walter und steht auf, nimmt den Motorradanzug vom Boden, legt ihn über die Sessellehne. Wir werden ans Meer fahren, sagt Walter, da braucht man eine gute Ausrüstung. Wir waren noch nie am Meer, sagt Maria, ist das mit dem Motorrad nicht viel zu weit, wo willst du das Gepäck unterbringen. Probier ihn an, sagt Walter, oder freust du dich nicht. Er schaut Maria lange an, und Maria weicht seinem Blick aus, sie streicht mit der Hand über das Leder. Ein schönes Material, sagt sie und holt einen Kleiderbügel aus dem Vorzimmer. Maria hängt den Anzug an die Tür, sie sagt: Ich möchte ihn vorher ein wenig ansehen, siehst du, so kommen die Streifen weit mehr zur Geltung, hast du die Farbe ausgesucht. Walter steht einen Meter hinter Maria, er hält eine Bierflasche in der Hand, er sagt: Zieh ihn an. Maria möchte sagen: Aber nur, wenn du dein Elvis-Kostüm anziehst. Aber Walter lacht nicht, und Maria geht zum Fenster, macht die Vorhänge zu.

Wenn Walter sich in Elvis verwandelt, duscht er lange, er singt, er seift sich gut ein, mehr als sonst. Er zieht die schöne Unterwäsche an, auch wenn sie bereits getragen und noch nicht gewaschen ist. Warum, fragte Maria beim ersten Mal, deine Unterhose sieht doch niemand. Der King trägt nur Sonntagsunterwäsche, antwortete Walter. Wenn Walter sich in Elvis verwandelt, singt er im Badezimmer, Maria muss die Tür schließen, sie soll nicht sehen, wie er vor dem Spiegel übt. Walter, ich hänge dein Kostüm über den Küchensessel, ruft sie an diesem Samstagnachmittag, ich bringe schnell den Müll hinaus, ich bin gleich wieder bei dir. Als Maria die Haustür hinter sich zuzieht, atmet sie tief ein. Sie geht langsam zu den Mülltonnen im Hof, ein Schritt vor den anderen, sie versucht, die Ferse des einen Fußes dort aufzusetzen, wo sich die Zehen des anderen vom Boden abheben. Es ist Sommer und Walters vierter Auftritt in diesem Jahr, er soll auf einem Zeltfest spielen. Maria weiß, dass Walter die Bühne als König betreten und als Bettelmann verlassen wird. Kaiser, König, Edelmann, denkt sie und sieht den Esstisch in der Küche ihrer Tante, die Küche der Tante und den Ofen, der mit Holz beheizt wurde, der die Küche nach Rauch riechen ließ. Kaiser, König, Edelmann – Bürger, Bauer, Bettelmann. Maria beeilte sich in der Küche der Tante, sie aß schnell, sie freute sich, wenn sie als erste mit dem Essen fertig war, wenn sie Kaiserin wurde. Heute bist du unser Kaiser, sagte die Tante dann, und Maria mochte das Wort *Kaiser*, auch wenn sie keinen Kaiser kannte. Die Tante hatte ihr ein Bild vom Kaiser gezeigt, ein Mann mit starkem Bartwuchs. Kaiser zu sein war schön, auch König oder Edelmann. Unter keinen Umständen wollte Maria Bürger sein, schlimmer war nur der Bettelmann. Kaiser, König, Edelmann, sagt Maria, als sie den Deckel der Mülltonne hebt, sie lässt ihn fallen, es scheppert. Sie sieht Walter durch die Balkontür in der Küche stehen, er zieht den Reißverschluss seines Oberteils zu, ein weißer Overall, der King trug gerne Weiß.

Das Publikum johlt, als Walter auf der Bühne zum ersten Hüftschwung ansetzt. Maria sitzt ganz vorn, aber sie schaut an Walter vorbei auf die Bühnenverkleidung, sie sieht, wie sie wackelt, wenn Walter sich bewegt. Walter begrüßt das Publikum mit den Worten: Seid ihr bereit für den King. Einige lachen, einer in der ersten Reihe schreit: Geh nach Hause, Elvis ist tot. Als Walter zu singen beginnt, übersteuert das Mikrofon, aber Walter singt weiter, er schnippt mit seinen Fingern, er klopft auf seinen rechten Oberschenkel, er schwingt sein Becken. Auf den weißen Schuhen ist ein brauner Fleck, hoffentlich merkt er es nicht, denkt Maria vor der Bühne, hoffentlich bemerkt er nichts. Walter schwitzt nach dem zweiten Lied, seine Brusthaare kleben an der Haut, er atmet schwer. Die Gitarre hängt vor seinem Bauch, aber Walter spielt sie nicht. Walter singt zur Musik, die vom Band kommt. Das ist authentischer, hat er Maria erklärt, ich kann nicht gleichzeitig Gitarre, Bass und Schlagzeug spielen, und der King gibt sich nicht mit einer Gitarre zufrieden. Walter breitet seine Arme zur Seite, er singt, er vergisst auf das Mikrofon, er hält es schnell mit der rechten Hand vor den Mund, der linke Arm bleibt ausgestreckt. Nach fünf Liedern winkt der Veranstalter Walter von der Bühne, er dreht den Ton leiser, als Walter zu einem neuen Lied ansetzen möchte. Es tut mir leid, aber die Gäste verlassen schon das Zelt, sagt der Veranstalter. Maria bleibt in der ersten Reihe sitzen, sie dreht an ihrem Ehering. Die Bühne hat keinen Seitenabgang, Walter muss von der Bühne springen. Maria möchte nicht neben ihm gesehen werden. Ein gefallener König, denkt sie, als sich neben ihr ein junges Mädchen in den Graben übergibt. Maria trinkt einen großen Schluck Bier, dann hilft sie Walter, die Gitarre in den Koffer zu packen. Sie nimmt die Blumenkette von seinem Hals, legt sie auf die Gitarre in den Koffer. Ganz hinten haben zwei Frauen getanzt, hast du sie gesehen, sagt sie, und Walter lächelt ein wenig. Schöne Frauen, fragt er und Maria nickt. Die Steine auf Walters Anzug glitzern, als er an der Bar ein Bier bestellt. Wollen wir nicht nach Hause fahren, fragt Maria, willst du dich nicht umziehen. Wo denn, sagt Walter, siehst du hier Künstlergarderoben. Auf dem Parkplatz ziehe ich mich nicht um, da wird der Anzug schmutzig, du weißt, wie empfindlich er ist, es hat geregnet. Ich habe für meinen Auftritt zehn Getränkegutscheine bekommen, die löse ich ein, ich schenke denen nichts. Lieber den Magen verrenken, als dem Wirt etwas schenken, sagt Walter, und dann: Zwei Bier, bitte.

9 Kronkorkenaugen

Meine Nase ist sechs Zentimeter lang, mein Daumen sieben. Das könnte ich zur Begrüßung sagen. Ich könnte sagen: Haben Sie Ihre Körperteile schon vermessen. Und sie würde verschreckt schauen, vielleicht würde sie sagen: Entschuldigung, das habe ich nicht. Es sieht kälter aus, als es ist, denkt Maria, als sie die Haustür öffnet und die ersten Schritte im Freien geht. Ich mag diese Frau nicht, hat sie zuvor gesagt, als sie beim Frühstück gesessen ist. Walter ist im Bad gestanden, er hat sein Gesicht gewaschen, er hat seine Zähne geputzt, er hat gesagt: Du kennst sie nicht. Ich habe sie beim Vorstellen gesehen, sie lacht zu viel. Maria, hat Walter gesagt, wie spät ist es, was, so spät, ich muss los. Maria setzt ihre Schritte vorsichtig, als sie zum Bus geht, der sie in die Arbeit bringt. Gefährlich ist es dort, wo der Asphalt harmlos aussieht, dort wo kein Schnee liegt, nur eine dünne Schicht Eis am

Boden ist. Achtung, ich muss aufpassen, denkt Maria, wenn sie an eine solche Stelle kommt.

Bei der Bushaltestelle vergräbt Maria ihre Hände in den Manteltaschen, sie senkt ihren Kopf, sodass ihr Mund hinter dem Schal verschwindet. Der Bus kommt nicht, sagt ein Mann neben ihr, ich warte schon seit dreiundzwanzig Minuten. Als ob wir in einer Schneekugel eingesperrt sind, sagt eine Frau, die im Pelzmantel neben dem Mann steht. Ein Schneechaos haben sie gemeldet, es ist mit erheblichen Behinderungen zu rechnen, ganze Ortschaften sind von der Außenwelt abgeschnitten, das haben wir davon, vom Jammern, dass wir zu wenig Schnee haben. Auf der Schulter der Frau verrutscht der Henkel ihrer Einkaufstasche, als sie ihre Arme beim Erzählen zu sehr bewegt. Es ist eine dieser dunkelblauen Taschen aus Nylon, wie sie vorwiegend ältere Menschen zum Einkaufen benützen. Da kommt er ja, sagt der Mann, und Maria lässt die beiden zuerst einsteigen. Der Boden ist matschig, die Fenster sind beschlagen.

Guten Morgen, sagt Herr Willert, als Maria die Boutique betritt, und blickt auf seine Uhr. Der Schnee, sagt Maria und zieht im Aufenthaltsraum ihren Mantel aus, legt die Handschuhe auf die Heizung, fädelt den Schal durch die Ärmel, hängt den Mantel auf. Als Maria ihre Haare vor dem Spiegel richtet, sieht sie hinter sich die Neue. Guten Morgen, sagt sie, ich bin Martha. Maria, sagt Maria, ich heiße Maria, herzlich willkommen. Dass Sie es bei diesem Wetter pünktlich geschafft haben, wohnen Sie in der Nähe, fragt Maria. Ja, sagt Martha, vier Straßen Richtung Bahnhof, ich habe nicht weit, und ich konnte nicht schlafen, ich war aufgeregt. Pünktlichkeit ist eine Tugend, das sagt Herr Willert, wenn wir zu spät kommen. Es ist besser, nicht zu spät zu kommen, flüstert Maria. Martha lächelt, und Maria fragt, ist es in Ordnung, wenn wir uns duzen, das macht man hier so, außer Herrn Willert, den duzt nur Isolde, weil sie ihn bereits als Kind kannte. Haben Sie einander schon vorgestellt, fragt Herr Willert, als er den Raum betritt. Frau Martha wird uns dienstags, mittwochs und donnerstags verstärken. Hier steht die Kaffeemaschine, wer Kaffee trinkt, macht einen Strich auf der Liste, abgerechnet wird am Ende des Monats. Alles andere habe ich Ihnen schon erklärt, sollten Sie Hilfe benötigen, fragen Sie. Ein Narr ist, wer nie gefragt hat, wie ging dieses Sprichwort. Wer fragt, ist ein Narr für eine Minute, wer nicht fragt, ist ein Narr sein Leben lang, sagt Maria. Richtig, sehr richtig, sagt Herr Willert und rückt seine Brille zurecht. Wie Sie sehen, wir sind ein familiäres Unternehmen, in dem wir gut aufeinander aufpassen. Frau Maria arbeitet seit einem Jahr bei uns, sie kennt sich besonders gut mit Stoffen aus. Frau Isolde kommt erst morgen, sie hat heute ihren freien Tag, sie ist die gute Seele, die alles zusammenhält. Und dann sind da noch Frau Waltraud und unser Lehrmädchen Ulrike, Sie werden alle bald kennenlernen. Haben

Sie Haustiere, fragt Herr Willert, und Maria wundert sich, dass er so viel spricht. Nein, sagt Martha, aber ich hätte gern eine Katze, wir sind vor kurzem in die Stadt gezogen, wir müssen uns erst einleben. Sie sind verheiratet, fragt Herr Willert. Martha schüttelt den Kopf. Manchmal ist es besser, bei den Tieren zu bleiben, als zu den Kindern zu wechseln, sagt Herr Willert und lacht, ich scherze, das merken Sie doch, ich bin vor kurzem Vater geworden und sehr froh über meinen Sohn. Ich hoffe allerdings, dass Sie uns eine Weile erhalten bleiben. Sind Sie verlobt, fragt Herr Willert, und Martha nickt. Er ist heute neugierig, denkt Maria und setzt Kaffee auf. Sie faltet den Kaffeefilter, schüttet Kaffee hinein, ohne den Messlöffel zu verwenden, der neben der Packung liegt. Ich hoffe, der Kaffee ist heute stärker, gestern konnte man ihn nicht trinken, sagt Herr Willert, und Maria denkt, ich habe gestern nicht Kaffee gekocht, ich weiß ohne Messlöffel, wie viel Kaffee in den Filter muss. Bestimmt, sagt sie.

Wie war es, fragt Walter, als Maria nach Hause kommt. Er mag sie mehr als mich, er hat ihr viele Fragen gestellt, sagt Maria, er hat sie freundlich angesehen. Das ist, weil sie neu ist, sagt Walter, das macht man so, wenn eine neue Mitarbeiterin ihren ersten Arbeitstag hat. Walter sitzt am Küchentisch, er legt Wurst auf ein Brot, das er zuvor mit Butter bestrichen hat. Versuch doch, die Butter wegzulassen, sagt Maria und holt ein Bier aus dem Kühlschrank, setzt sich Walter gegenüber, hält ihm die Flasche hin, woraufhin Walter die Bierflasche mit dem Buttermesser öffnet. Walter könnte die Bierflasche auch mit den Zähnen öffnen, aber das macht er nicht in Marias Gegenwart, weil Maria schimpft, wenn Walter Bierflaschen mit Zähnen öffnet, wenn er sagt: Das habe ich von meinem Vater. Die Küchenuhr hängt links über dem Herd, ihr Ticken ist zu hören, als niemand spricht. Hätte Walter die Bierflasche mit den Zähnen geöffnet, hätte er erzählt, dass sein Großvater die Kronkorken vor seine Augen klemmte, wenn er ausreichend getrunken hatte. Ab vier Bier versuchte der Großvater, die Kronkorken möglichst lange vor seine Augen zu klemmen, schau, ich habe Kronkorkenaugen, sagte er dann. Aber Walter öffnet die Bierflasche mit dem Buttermesser, danach ist es still. Möchtest du nichts essen, fragt Walter. Nein, sagt Maria und trinkt einen Schluck. Er mag sie mehr als mich, weil sie jünger ist, weil sie seiner Frau ähnlich sieht. So viel jünger kann sie gar nicht sein, sagt Walter.

8 Alles wird leer

Braun, grün und blau sind die Taschen, sie lehnen neben der Eingangstür, übereinander und nebeneinander, der Platz ist beschränkt; weil es regnet. Wenn es nicht regnen würde, könnten wir die Taschen draußen abstellen, hat Maria zuvor gesagt, dort wäre genügend Platz dafür. Aber es regnet, hat Walter geantwortet, das siehst du doch. Maria hat ihre Hände auf die Hüften gestützt, und ihr Blick ist von den Taschen über die nasse Garageneinfahrt zum Himmel gewandert und wieder zu Walter zurück. Bald könnte die Sonne scheinen, hat Maria dann gesagt, sie könnte gleich hinter dieser Wolke hervorkommen. Ja, hat Walter gesagt und ist an Maria vorbei in die Küche gegangen, er hat sie dazu ein wenig zur Seite geschoben. Seit Walter seinen Schnurrbart abrasiert hat, ist er Maria fremd. Ein fremder Mann, denkt sie, wenn sie ihn küsst und sein Gesicht sich anders anfühlt, weil da nichts mehr zwischen Oberlippe und Nase ist, weil Haut auf Haut trifft und nicht Haut auf Bart. Maria wünscht sich Walters Oberlippen zurück, so wie sie gewesen sind. Weil Walter beim Küssen die Oberlippe nach oben gestülpt hat, damit der Schnurrbart nicht kratzt, weil Walter jetzt, wo kein Bart mehr ist, seine Oberlippe nicht mehr nach oben stülpt, weil Walters Küsse anders sind. Es könnte doch so kommen, denkt Maria, sie haben für den Nachmittag stellenweise Aufheiterung gemeldet, allerdings würde es eine Weile dauern, bis der Boden trocknet. Maria trägt die letzte Tasche von ihrem Zimmer in den Vorraum, sie kippt um, als Maria sie auf die anderen stellt, Maria flucht, weil die Tasche gegen ihr Bein gefallen ist. Ein neuer blauer Fleck, denkt sie, ein weiterer, aber niemand reagiert auf ihr Fluchen, und Maria stellt die Tasche zurück, auf eine andere als zuvor.

Aus der Küche kommen Geräusche, das Radio läuft, Walters Mutter spricht so laut, dass sie die Musik übertönt. Die vorwurfsvolle Stimme, denkt Maria, als sie noch einige Schritte von der Küche entfernt ist, wenn Walters Mutter vorwurfsvoll spricht, wird ihre Stimme höher. Maria sieht Walter in der Küche, sieht, wie er den Arm um seine Mutter legt. Er sagt: Wir sind nicht weit weg, wir kommen jedes Wochenende, du kannst jederzeit anrufen, in weniger als einer Stunde sind wir bei dir. Es riecht nach Apfelstrudel, die Apfelschalen liegen auf der Arbeitsplatte, Walters Mutter wird sie trocknen und zu Tee verarbeiten, den sie an Nachmittagen trinkt, mit zwei Löffel Zucker, bei Kaffee sind es vier. Sie wird sagen: Aus unseren Äpfeln kann man das noch machen, die Äpfel, die es zu kaufen gibt, sind alle gespritzt, da musst du die Schale wegwerfen, nachdem du die Äpfel geschält hast. Alles gespritzt, du hast keine Ahnung, wie giftig das ist.

Als Maria Walters Mutter in Walters Arm sieht, geht sie zurück, wirft die Haustür zu, die bereits offen gestanden ist, den Blick auf das Auto freigegeben hat, den offenen Kofferraum, die Garage, dahinter die Straße, der Ort. Wie sich ihre Nasen ähneln, denkt Maria, wie aus dem Gesicht geschnitten, und hustet, als sie die Küche betritt. In der Küche, in der Maria seit zwei Jahren gefrühstückt, zu Mittag gegessen, zu Abend gegessen hat, steht Walters Mutter, sie wischt mit der Schürze über ihre Augen, sie sagt: Mein letzter Sohn. Im Radio werden die Nachrichten gelesen. Und jetzt zum Wetter, sagt der Sprecher, und Maria dreht den Ton leiser. Danach fährt sie mit der Hand die Arbeitsplatte entlang, zuerst entlang und dann darüber, sie hält bei den Apfelschalen. Ich sage nichts, denkt Maria, ich bleibe ruhig, ich könnte sagen, dein kleiner Sohn ist zweiunddreißig, dein Sohn ist seit zwei Jahren verheiratet, dein Sohn möchte nicht mehr im ungeheizten Zimmer neben den Eltern schlafen. Wir hätten doch genügend Platz, sagt Walters Mutter, wir könnten ins Esszimmer ziehen, wir essen ohnehin nie dort, du könntest alle Räume im ersten Stock haben, da ist genügend Platz, auch für Kinder. Du, sie sagt du, denkt Maria, ich bin in diesem Haus unsichtbar. Walters Mutter sagt: Jetzt werden wir allein sein, zum Glück lässt du uns den Hund, aber was solltest du auch mit dem Hund in der Stadt, lange wird er ohnehin nicht mehr leben, schau, wie er sich unter der Küchenbank verkriecht. Walters Mutter wischt ihre Hände in der Schürze ab, Walter nimmt seine aus den Hosentaschen, er sagt: Mutti, mehr nicht. Walters Mutter sagt: Oft wird er nicht hinauskommen, dein Vater schläft lieber, als dass er spazieren geht. Wir werden nicht jünger, bestimmt, wenn wir Enkel hätten, aber ohne Kinder, ohne Kinder ist kein Leben im Haus, und ist kein Leben im Haus. Walters Mutter spricht den Satz nicht zu Ende, und Maria möchte sie schütteln, möchte sagen: Hermine, sprich deine Sätze zu Ende. Aber Maria fährt mit der Hand über die Arbeitsplatte, in die andere Richtung als zuvor, dort wo sie einen tiefen Kratzer hat, schabt sie mit dem Fingernagel. Es ist deine Entscheidung, sagt Walters Mutter nach einer langen Pause, sie seufzt und sagt: Alles wird leer, und Maria putzt den Schmutz von der Küchenplatte unter ihrem Fingernagel hervor.

Die Gegend ist in die Sonnseite und die Schattseite unterteilt. Die Schattseitigen leben dort, wo der Berg im Winter die Sonne verdeckt. Die Schattseitigen sind dem Leben abgewandt, die Schattseitigen, heißt es, verstehen unter dem Wort *Krawatte* kein Kleidungsstück, sondern einen Strick. Walters Eltern leben auf der Schattseite. Sie sagen, es stört sie nicht, von Oktober bis Februar keinen Sonnenstrahl zu sehen. Dafür haben wir keinen Nebel, sagen sie, wir könnten im Nebel nicht leben. Sie sagen: In der Stadt ist im Herbst und im Winter nichts als Nebel. Die Stadt ist eine Nebelsuppe, in der die Menschen wie Nudeln schwimmen, erklärte Walters Vater an einem Sonntag, an dem Marias Eltern zu Besuch waren. Walters Mutter nickte bei dem Wort *Nebelsuppe*, und Maria dachte daran, dass in der Nudelsuppe von Walters Mutter immer zu wenig Nudeln und zu viel Karotten sind. Marias Vater sagte: Ab und zu sehen wir die Sonne, wenn wir an Sonntagen beim Mittagessen sitzen, scheint sie zum Fenster herein, auch im Herbst, auch im Winter, da wird einem warm ums Herz. Habt ihr heute Zeitung gelesen, fragte Walter und erzählte eine Geschichte, die Maria eine halbe Stunde später wieder vergessen hatte. Aber sie fragte Walter später nicht, wovon er erzählt hatte, sie dachte: Wenn es wichtig war, wird es mir wieder einfallen, sie sagte: Gut, dass du das Thema gewechselt hast.

Walters Vater ist ein großer Mann, seine Brille verdeckt den Großteil seines Gesichts, aber er setzt sie nur zum Lesen auf, zum Lesen und zum Essen, wenn er vergisst, die Brille abzunehmen. Walters Vater liest gern Zeitung, an Nachmittagen schläft er dabei nach zehn Minuten ein, er schnarcht rhythmisch, und wenn sein Schnarchen für eine Weile aussetzt, dauert es nicht lange, bis es wiederkommt. Ein großer Mann mit kleinen Händen, denkt Maria jedes Mal, wenn sie Walters Vater im Lehnstuhl beim Schlafen zusieht, wie die Hände gefaltet auf seinem Bauch liegen, wie der Kopf nach hinten kippt, der Mund sich öffnet. Die Zeitung hat Walters Vater kurz vor dem Einschlafen zur Seite gelegt. Auf den Boden geworfen, sagt

Walters Mutter, wenn sie die Zeitung später aufhebt, hast du schon wieder die Zeitung auf den Boden geworfen, ganz zerknittert ist sie. Und nimm die Brille ab, du verbiegst sie nur, das ist nicht gut.

Wenn Walters Vater frei hat und nicht beim Zeitunglesen einschläft, schaut er nach den Obstbäumen, er geht ums Haus, er schaut in Obstbaumkronen, er schüttelt den Kopf, wenn etwas nicht nach seiner Zufriedenheit verläuft. Im Wald begutachtet Walters Vater die Bäume anders als im Garten, im Wald fällt er Bäume, nachdem der Förster sie zum Fällen freigegeben hat. Es ist immer viel zu tun, sagt Walters Vater, bevor ihm im Lehnstuhl die Augen zufallen. An freien Tagen arbeitet er im Wald, an Tagen, an denen er zur Arbeit fährt, im Werk. An manchen Tagen zeigt Walters Vater Teile, die er im Werk gebastelt oder die er aus dem Werk mitgenommen hat, einen Kerzenständer, einen Holzspalter, ein Geländer. Walters Vater hat einen starken Händedruck, wie ihn die Männer in der Gegend haben. Maria zog ihre Hand schnell weg, als der Schwiegervater ihr zum ersten Mal die Hand schüttelte. Ein guter Händedruck muss fest sein, sagte Walter. Aber doch nicht so, dass man Schmerzen hat, sagte Maria. Doch, sagte Walter, nur dann ist ein Händedruck ernst gemeint. Seither nimmt Maria ihre Ringe ab, bevor sie dem Schwiegervater die Hand schüttelt, heimlich und so, dass es niemand bemerkt.

Maria wischt über die Arbeitsplatte, und Walter runzelt die Stirn. Die Wunde über der Augenbraue ist noch nicht verheilt, denkt Maria, als sie ihn ansieht. Walter war vor einigen Tagen mit einem Pflaster auf dem Kopf aus der Arbeit gekommen, Maria hat vergessen, wobei er sich verletzt hatte, aber Walter kommt oft mit kleinen Verletzungen aus der Arbeit. Das kann man sich nicht alles merken, denkt Maria und möchte die Stille in der Küche durchbrechen. Aber besser nicht, denkt sie, und Walters Mutter greift nach einem Taschentuch, sie holt es aus ihrem Kittel, die großen Taschen sind ausgebeult, weil Walters Mutter ihre Hände darin verschwinden lässt, wenn sie keine Arbeit verrichten. Zwei Jahre, wir wollten zwei Monate bleiben, denkt Maria, wir haben den Mietvertrag schon unterschrieben. Bis zur Brust reicht Walters Mutter ihrem Sohn, sie sagt: Du musst wissen, was du machst, und Walter sieht Maria an, die eine Haarsträhne um ihren Finger wickelt. Walter sagt: Mutti, wir haben doch schon darüber gesprochen. Auf dem Küchentisch liegt eine Packung Streichhölzer, Maria nimmt eines aus der Schachtel, zündet es an, sieht der Flamme beim Verlöschen zu. Zündelst du, würde Walters Mutter unter normalen Umständen sagen, sie schaut kurz böse. Ich werde zuerst den Kasten im Schlafzimmer einräumen, denkt Maria, Walter soll einstweilen die Kisten mit dem Hausrat in die Wohnung tragen, wir werden in unserem Bett schlafen, ohne Eltern nebenan, wir werden zu zweit frühstücken, wir werden es warm haben.

Maria hat so weit zur Arbeit, sagt Walter, weißt du. Du doch auch, sagt Maria, du fährst genauso weit, und Walter schweigt. Es ist gefährlich, jeden Tag so lange mit dem Auto zu fahren, sagt Maria, Mutti, du möchtest doch nicht, dass uns etwas zustößt, wir kommen jedes Wochenende zu Besuch. Wir brauchen den Platz, eure Enkel werden viel Platz brauchen. Wie sollen wir hier Kinder bekommen, sagt Walter und nimmt Maria in den Arm. Dazu braucht man nicht viel Platz, sagt Walters Mutter und schaut Maria lange an.

Habt ihr die Taschen schon ins Auto getragen, fragt Walters Vater, als er vom Wohnzimmer in die Küche kommt. Er streckt sich und berührt dabei mit den Händen die Oberkante des Türstocks. Möchtest du uns helfen, fragt Maria, und Walters Mutter sagt: Er soll doch seinen Rücken schonen. Ich bin kein alter Mann, sagt Walters Vater und verlässt die Küche, er öffnet die Haustür, er ruft: Wollen wir, Walter, komm, wo bleibst du. Es dauert nicht lange, bis die Taschen im Auto verstaut sind, der Kofferraum ist so voll, dass Walters Vater den Kofferraumdeckel zwei Mal kräftig zuschlagen muss, bis er einrastet und Walter den Kofferraum absperren kann. Siehst du, sagt Maria, als sie vor dem Auto stehen, ich hatte Recht, es regnet nicht mehr. Das kann sich schnell ändern, sagt Walter und folgt Maria zur Haustür. Der Vater schüttelt Walter die Hand zum Abschied, auch Maria hält er seine Hand hin, Maria drückt so fest wie möglich zurück.

In den zwei Jahren auf der Schattseite hat sie gelernt, Hände fest zu drücken, Sätze nicht zu sagen, Schneebälle zu backen, Hühner zu füttern, Hühner zu köpfen, die Füße so in die Bettdecke einzuschlagen, dass sie warm werden, die Eltern nicht zu hören, Walters Eltern Mutti und Vati zu nennen, Walter als ihren Mann zu sehen, den Hund an der richtigen Stelle zu kraulen, sich mit dem Namen Beerenberger vorzustellen. Maria drückt die Hand von Walters Vater so fest sie kann. Das musst du noch lernen, sagt er, als sich ihre Hände lösen, aber du wirst besser. Walter küsst seine Mutter auf die Stirn, und Maria umarmt sie. Die Eltern bleiben auf der Türschwelle stehen. Walters Mutter hat ihre Haare zu einem Knoten gebunden, aus dem sich einige Strähnen lösen, die an ihrem Hals anliegen. Wir sehen uns am Wochenende, sagt Maria, in drei Tagen kommen wir wieder. Und dann, wenn alles eingeräumt ist, müsst ihr uns bald besuchen, Mutti, ich zeige dir, was für schöne Kleider wir haben, du wolltest doch schon lange etwas Neues, nicht. Walters Mutter schüttelt den Kopf, wozu denn, wofür, ich komme ohnehin nicht oft hinaus.

Bist du jetzt zufrieden, fragt Walter, als er das Auto startet. Der Hund sitzt hinter dem Gartenzaun und schaut dem Auto nach. Auf dem Fensterbrett des Nachbarhauses sitzt die Katze, sie hebt ihre Pfote, schleckt sie ab, fährt über ihr Gesicht, ein Ohr stülpt sich dabei um. Der Hund sitzt unverändert am Gartenzaun, als Walter wendet und mit dem Wagen noch einmal an der Garageneinfahrt vorbeifährt. An der Garage, die alle Garage nennen, die keine Garage ist, es sind drei Holzstöße mit einem Wellblechdach darüber. Maria wühlt im Handschuhfach, sie schiebt die Kassette in das Autoradio, spult zurück, um zum richtigen Lied zu kommen, spult vor, weil sie vergangenen Sonntag zu früh auf Aufnahme gedrückt hat und die Stimme der Radiomoderatorin zu hören ist, spult vor und wieder kurz zurück. Maria möchte die Stelle finden, wo das Lied beginnt. Als sie sie gefunden hat, drückt sie auf *Stop*, dreht die Lautstärke hoch, zählt bis drei, drückt die Wiedergabetaste, kurbelt das Fenster hinunter, als Walter eine Zigarette anzündet. Bist du zufrieden, fragt Walter, und Maria sagt: Walter, bitte schnall dich an.

7 Ein Leben

Ich weiß zwar nicht, wie ich mit dir leben soll, aber ohne dich geht es auch nicht, sagt Walter und kniet nieder. Er hält einen Strauß Rosen in der linken Hand, mit der rechten holt er einen Ring aus der Hosentasche. Seine Haare sind gekämmt, aber die Arbeitshose hat er anbehalten.

6 Zuckerwatte

Wie liegen meine Haare, fragt Beatrix und dreht sich zur Seite. Gut, antwortet Maria, aber der Wind verweht sie ein wenig. Der Wind, der Wind, das himmlische Kind, sagt Beatrix und dreht sich schnell im Kreis, zerzaust Marias Haare, als sie wieder stehen bleibt. Lass das, sagt Maria und hält die Zuckerwatte nahe an Beatrix' Gesicht, Beatrix reißt mit ihrer linken Hand ein Stück Zuckerwatte herunter, rollt es zu einer kleinen klebrigen Kugel, die sie in ihren Mund steckt. Zuckerwatte klebt an den Händen, wenn man sie mit den Fingern isst, sie klebt im Gesicht, wenn man mit dem Mund von ihr abbeißt, sie klebt an den Haaren, wenn sie ihr zu nahe kommen. Maria beißt von der Zuckerwatte ab, die um einen Stab gewickelt ist. Pass auf, sagt Beatrix und schleckt ihre Finger ab, du willst doch nicht mit klebrigem Mund ins Bierzelt gehen. Die Frühlingssonne ist schwach, aber stark genug, dass Maria ihre Wärme spürt. Wir gehen ins Bierzelt, fragt sie. Ja, sagt Beatrix, wir werden erwartet. Vom Bierzelt ist die Geisterbahn nicht weit. Wollen wir mit der Geisterbahn fahren, möchte Maria fragen, aber Beatrix hat die Tür zum Bierzelt bereits geöffnet. Die Luft ist stickig, verraucht und warm. Siehst du sie, fragt Maria und bleibt dicht hinter ihr, im nächsten Moment winkt Beatrix fünf jungen Männern zu, die an einem Tisch sitzen. In die Mitte, ihr beide müsst in der Mitte sitzen, sagt einer, ein anderer: Hast du eine Freundin mitgebracht, was möchtet ihr trinken. Eine Limonade, bitte, sagt Maria, und alle lachen. Lasst sie, sagt Beatrix, und: Ein Bier, bitte.

Der Strohhalm in der Limonade treibt auf und ab, gelb ist er, wie die Bluse, die Maria trägt, mit dem Unterschied, dass die Abschlüsse von Marias Bluse weiß eingesäumt sind. Maria beißt an ihrem Strohhalm, wenn sie trinkt, sie hört zu, sie lacht, wenn die anderen lachen, auch wenn sie nicht verstanden hat, was sie sagen, weil die Musik laut ist. Als Michaela und Tanja kommen, rutschen alle zur Seite, die Bierbank kippt, Achtung, sagt einer und hält sich an Maria fest. Müsstest nicht du mich halten, müsstest nicht du mich mit deinen Armen auffangen, denkt Maria, aber sie sagt nichts, sie lacht. Kennen wir uns, fragt er. Nein, sagt Maria, wir kennen uns nicht. Das weiß ich doch, sagt er und steht auf, er sagt: Ich hole noch eine Runde, für dich eine Limonade, oder hast du es dir anders überlegt.

Maria geht zur Toilette, wo die Frauen Schlange stehen und die Männer schnell an ihnen vorübergehen. Es wird dunkel vor dem Zelt, in dem sich die Lichtverhältnisse nicht ändern. Maria wartet und beobachtet die Frauen, die aus den Toilettenkabinen kommen. Manche waschen ihre Hände, ohne in den Spiegel zu sehen, manche gehen an den Waschbecken vorbei, manche kommen von den Spiegeln nicht los. Die eine Kabine wird niemals leer. Maria überprüft, ob sie die Tür auch tatsächlich versperrt hat, als sie über der Toilette steht. Maria setzt sich nicht auf fremde Toilettenbrillen, die Toilettentür ist versperrt, alles in Ordnung, denkt sie und ärgert sich wenig später, dass das Toilettenpapier aufgebraucht ist. Als sie aus der Kabine kommt, ist sie allein im Vorraum, wo sind alle hin, denkt sie und zieht vor dem Spiegel den Lippenstift nach. Maria wischt mit ihrem Zeigefinger unter den Augen entlang, du siehst nicht müde aus, du bist nicht müde, das wird ein schöner Abend. Als sie zurück ins Bierzelt kommt, sitzt Michaela auf ihrem Platz, sie lacht, und der eine neben ihr lacht, und Maria fährt durch ihre Haare, als sie auf der Bierbank ganz außen neben Tanja Platz nimmt. Tanja spricht mit dem einen neben sich, und Maria greift über den Tisch zu ihrer Limonade, der Strohhalm ist blau. Tanja hat eine neue Dauerwelle, denkt Maria, wo warst du, möchte sie fragen, wie viel hast du bezahlt, war es teuer, aber Tanja unterhält sich, und wer sich unterhält, soll nicht gestört werden. *Vergossenen Wein, den trinkt keiner mehr, ein verlorenes Herz bleibt für immer leer, es ist nie zu spät, komm, entscheide dich, reich ihr die Hand, Tränen lügen nicht.* Tanja hakt sich bei Maria unter, alle schunkeln und lachen, und Maria spürt Tanjas Körper neben sich, sie lacht, wenn sie mit Tanja zusammenstößt, sie sieht dem einen ihr gegenüber in die Augen, der zuvor noch anderswo gesessen ist, der den Platz gewechselt hat, der jetzt hier sitzt. Ich habe alle Namen vergessen, denkt Maria, wie immer habe ich alle Namen vergessen, sie kommen viel zu schnell, als dass ich sie mir merken könnte, ein schönes Lied, wie heißt dieses Lied. Der eine Maria gegenüber zündet eine Zigarette an, er hält ihr die Packung hin, sie zieht eine Zigarette heraus und beugt sich über die Kerze zwischen ihnen. Jetzt wird ein Seemann sterben, sagt er, er sagt: Zigaretten und Limonade, darfst du schon rauchen. Ja, sagt Maria, ich bin siebzehn, und ich trinke Bier erst nach einundzwanzig Uhr. Siebzehn, sagt er, ich bin siebenundzwanzig, wie heißt du, fragt er, ich bin Walter. Walter trägt Schnurrbart, seine Haare bedecken den Nacken, die oberen Knöpfe seines Hemdes hat er nicht geschlossen, ein goldenes Kreuz liegt auf seiner Brust. Eduard hat keine Brusthaare, denkt Maria, Eduard raucht nicht, Eduard ist ein Idiot. Neben mir der Platz ist leer, da wünsch ich mir Maria her, sagt Walter, und Maria lacht, wechselt die Seite.

Ich bin Automechaniker, erzählt Walter, ich arbeite in einer Werkstatt, gleich in der Nähe, ich arbeite hier, aber ich lebe nicht hier. Wo wohnst du, fragt Maria, und Walter sagt etwas von außerhalb, weil es im Moment nicht anders ginge, weil das Geld nicht reiche, oder doch, das Geld würde reichen, aber er möchte sparen, er möchte sparen auf ein Haus, auf eine Wohnung, er möchte sparen, bis die Richtige kommt. Und wer weiß, sagt Walter und schaut Maria an, ein gerader Blick, das rechte Auge ein wenig kleiner als das linke. Er ist betrunken, denkt sie, aber das ist gut, ein betrunkener Mann ist ein guter Mann, aber nur, solange er die Kontrolle nicht verliert und sich am nächsten Tag an den Abend zuvor erinnern kann. Spielen sie schon wieder dieses Lied, sagt Maria und legt den Arm um Walters Hüfte, am anderen Ende der Bank beginnt jemand zu schunkeln, und Maria und Walter schunkeln mit. Wenn beim Schunkeln jemand in die falsche Richtung ausschlägt, krachen sie zusammen, dann wird gelacht, und der Mann singt: *Die große Stadt lockt mit ihrem Glanz, mit schönen Frauen, mit Musik und Tanz, doch der Schein hält nie, was er dir verspricht, kehr endlich um, Tränen lügen nicht.* Ein schönes Lied, sagt Maria, ich bin Lehrling, Verkäuferin, das ist wirklich ein schönes Lied. Meinst du, sagt Walter, du magst Musik, fragt er. Ja, sagt Maria, ich singe gern. Kennst du Elvis, fragt Walter, Elvis ist der Größte, und Maria nickt, wer kennt Elvis nicht. Warte einen Moment, sagt Walter und steht auf, Maria sieht, wie er zur Bühne geht, den Gitarristen zu sich winkt, ihm ins Ohr flüstert, der Gitarrist klopft Walter auf den Rücken, er lacht.

Wo wohnst du, fragt Maria, als Walter wieder neben ihr Platz nimmt. Am Land, bei meinen Eltern, antwortet er, er spricht leise, aber Maria lächelt, sie sagt: Ich wohne auch bei meinen Eltern, aber später möchte ich ein eigenes Haus mit einem Garten und einem Hund. Walter trinkt einen Schluck, als ein Lied von Elvis erklingt, er greift unter der Bank nach Marias Hand, er drückt sie fest. Maria zieht ihre Hand zurück, weil Walters Händedruck schmerzt, besonders an den Fingern, an denen sie Ringe trägt, sie zieht ihre Hand zurück, sie streicht über Walters Hand, eine große, trockene Hand, der man die Arbeit anmerkt, denkt Maria, ein wenig Handcreme würde nicht schaden. Und dann steht Walter auf, er wankt kurz zur Seite, aber danach geht er gerade zur Bühne, aufrecht. Maria sieht, wie Walter die Bühne betritt, sie sieht, wie er nach dem Mikrofon greift, wie der Sänger es ihm überlässt. Für einen kurzen Moment ist Maria erleichtert, ein freundlicher Mann, denkt sie, es hätte auch anders kommen können, aber dann sieht sie, wie Walter die Hand auf seine Brust legt und zu ihr herüberschaut. Walter singt, und seine Freunde am Tisch applaudieren. Das macht er jedes Mal, sagt einer, an dessen Namen Maria sich nicht erinnert, jedes Mal, wenn er zu viel getrunken hat, steht er auf der Bühne und möchte Elvis sein, aber der King ist nur einer. Schön hast du gesungen, sagt Maria, als Walter von der Bühne zurückkommt, er trinkt einen großen Schluck Bier. Darf ich, fragt Maria und trinkt, ohne die Antwort abzuwarten.

Es gibt Männer, die passen zu einer Frau, und andere, die passen nicht, ein Eduard, der passt nicht, es ist wie mit den Deckeln und den Töpfen, so etwas muss Hände und Füße haben. Marias Vater saß in der Küche, als er ihr von den Männern erzählte, er sagte: Mein Mädchen, komm her zu mir. Maria schaute auf ihren Vater, der im Sitzen weit kleiner war als sie, seine Haare waren ungekämmt, der Vater kämmt die Haare nur, wenn er die Wohnung verlässt, von links nach rechts legt er sie über seinen Kopf, sorgfältig, bedacht. Mein Mädchen, hör auf mit dem Weinen, es wird ein anderer kommen, die Männer lassen nicht lange auf sich warten. Du wirst deinen Deckel noch finden, er wird passen, und dann ist der Topf geschlossen, und wenn der Topf geschlossen ist, kocht das Wasser schneller. Was willst du mir sagen, fragte Maria. Ich meine, sagte Marias Vater und schaute Maria lange an, dass wegen einem Eduard keine Vögel vom Himmel fallen. Spricht er wieder in Bildern, fragte Marias Mutter, als sie die Küche betrat. Er meint, du sollst dir keine Sorgen machen, er war nicht der Richtige, es wird ein Besserer kommen, freu dich, dass du ihn los bist. Und jetzt hilf mir bitte mit der Wäsche, ich möchte die Betten frisch überziehen.

Der Zuckerwattestand hat geschlossen, als Maria und Walter an ihm vorübergehen. Dort haben wir heute Zuckerwatte gekauft, sagt Maria, Beatrix und ich, die mit den blonden Haaren, ich weiß nicht, ob ihr euch kennt. Einige Männer stehen am Fluss, der in der Nacht schwarz ist, dunkel wie die Wiese davor. Warum spricht er nicht, denkt Maria, als sie neben Walter die Straße entlanggeht. Er ist in Tanja verliebt, Maria sagt: Mein Onkel war Automechaniker. Sie fragt: Fährst du heute noch nach Hause. Walter nickt. Mit dem Auto, fragt Maria, Walter nickt. Pass auf, sagt sie, es wäre schade um dich, und Maria denkt an den Ratschlag, den sie vor kurzem in einer Zeitschrift gelesen hat, die Beatrix mitgebracht hatte: *Machen Sie sich rar. Es ist wie mit den Diamanten: Je rarer, desto kostbarer.* Maria geht neben Walter, er riecht nach Bier, Rauch und Rasierwasser, er schweigt, Walter und Maria gehen nebeneinander, bis Maria sagt, es ist kalt, und Walter seine Jacke auszieht, sie ihr hinhält, seinen Arm um sie legt. Morgen um drei bei der Geisterbahn, fragt er. Ja, sagt Maria, morgen ist Sonntag, morgen habe ich frei.

5 Flecken

Der nächste kommt bestimmt, sagt Beatrix und streicht über Marias Rücken. Maria sitzt auf ihrem Bett, auf dem Boden vor ihr zerknüllte Taschentücher, die Tür ist abgesperrt, und die kleine Schwester rüttelt in regelmäßigen Abständen daran, weil sie in das Zimmer möchte, das auch ihr Zimmer ist, aber Maria will keine Schwester sehen. Ich weiß, was wir machen, sagt Beatrix, komm, steh auf, wir gehen hinaus, wir verbrennen Eduard. Maria sagt, ich kann so nicht hinaus, sieh mich an. Beatrix holt ihre Tasche aus der anderen Ecke des Zimmers, sie zieht einen Taschenspiegel und Puder heraus, hält Maria beides hin. Das geht schon, deine Haut ist nur ein wenig heller als meine. Maria pudert ihr Gesicht.

Gut so, fragt sie. Ja, sagt Beatrix, nur deine Nase hast du vergessen.

4 Das himmlische Kind

Maria lacht, als sie das Blut auf dem Toilettenpapier sieht. Ein Stein vom Herzen, es fällt mir ein Stein vom Herzen.

3 Testbild

Leg die Hände um mich, sagt Eduard. Er sagt: Leg die Hände um mich, wir fliegen zum Mond. Der Mond ist weit weg, sagt Maria, es muss erst dunkel werden. Eduard lacht, und wenn er lacht, kommt sein Zahnfleisch zum Vorschein. Maria geht neben ihm auf dem Waldweg, Eduard ist groß, seine Schritte sind schnell, schneller als Marias Schritte. Können wir bitte langsamer gehen, sagt sie, und Eduard geht eine Weile neben ihr, bis seine Schritte wieder schneller werden und Maria seine Turnschuhe von hinten sieht. Eduards Haare sind frisch geschnitten, sein Nacken ist lang, und Maria entdeckt ein großes Muttermal, das ihr noch nie aufgefallen ist. Edi, ist das neu, fragt sie. Was, fragt er. Dein Muttermal im Nacken, sagt sie. Nein, das habe ich schon immer, man sieht es nur besser, wenn die Haare frisch geschnitten sind, du weißt. Maria stolpert über eine Wurzel, aber sie fällt nicht. Eduard bleibt stehen, er kniet nieder, er sagt: Schau, ein Marienkäfer.

Die Geisterhäuser sind zwischen den Bäumen versteckt. Drei sind es, oder vier, das vierte wird von einer Familie bewohnt, illegal, wie Eduard sagt, als er Maria an der Hand an dem Haus vorbeiführt, ohne die Bewohner zu grüßen. Zu den anderen Häusern ist es nicht weit, nur ein paar Bäume trennen sie von dem Grundstück des vierten Hauses. Das erste Geisterhaus steht in einer Mulde, die Spitzenvorhänge sind zugezogen. Hand in Hand stehen Eduard und Maria und schauen auf das Haus hinab, auf der Wiese hinter ihnen blüht der Löwenzahn. Ist es dafür nicht schon zu spät, sagt Maria, sie pflückt einen Löwenzahn, pustet Löwenzahnpropeller in Eduards Gesicht, der die Augen schließt. Der losläuft, den Hang zum Haus hinunter, nachdem Maria gefragt hat: Gehen wir weiter, der dann vor der Haustür steht, die Arme ausbreitet, der ruft: Maria, komm zu mir.

Hier werden wir leben, wenn ich zurückkomme, sagt Eduard, Maria lacht, sie sagt: Es ist schrecklich.

Hier wird das Küchenfenster sein, sagt Eduard, dahinter das Wohnzimmer, das Esszimmer, dein Haushaltszimmer. So viel Platz brauchen wir nicht, sagt Maria, wir passen in ein Kinderzimmer, das Haus ist viel zu groß für uns, und was, wenn die Besitzer nach Hause kommen. Die Besitzer, die kommen so schnell nicht wieder, sagt Eduard, sie sind tot oder weit weg, komm, wir gehen hinein. Nein, sagt Maria, ich möchte nicht; und das Haus wäre viel zu groß für uns. Maria, träum doch mal, sagt Eduard, meinst du, ich möchte wirklich in diesem Loch mit dir leben, sagt Eduard und lässt Marias Hand los, er sagt: Warte hier, und verschwindet im Haus.

Mit verschränkten Armen sitzt Maria auf einem Stein am Wegrand, es ist September, es hat abgekühlt, und Maria friert, hier, am späten Nachmittag, als sie auf Eduard wartet. Wer wartet, spürt die Zeit verstreichen, sie verstreicht langsam, manchmal auch zu schnell. Maria sitzt auf einem Stein vor einem verfallenen Haus und fixiert die Eingangstür, die sich nicht bewegt, aber Maria sieht, wie sich die Haustür bewegt, wie sie immer weiter zufällt. Ich muss ruhig bleiben, er kommt gleich wieder, denkt sie, ich bleibe ruhig, ich habe keine Angst. An der Garderobe im Flur hängt ein Herrenhut, Maria wartet darauf, dass ein blasser Mann kommt und diesen Hut von der Garderobe nimmt, auf seinen Kopf setzt, an ihr vorbeigeht, ohne sie zu grüßen. Seine Augen werden leer sein, sein Blick wird ihr begegnen, aber er wird durch mich hindurch sehen, denkt Maria, aus wässrigen Augen. Die Tür wird sich hinter dem Mann mit Hut schließen, sie wird knarrend zufallen, so, wie sie geknarrt hat, als Eduard sie geöffnet hat. Eduard, werde ich rufen, Eduard, wo bist du, aber die Tür wird verschlossen bleiben, und kein Laut dringt hinaus. Ich werde nicht hineingehen, nein, ich werde dieses Haus nicht betreten. Maria hebt einen Stein vom Boden, er ist grau und weiß gesprenkelt, sie wiegt ihn in der rechten Hand, lässt ihn von der rechten in die linke fallen und wieder zurück. Als Eduard im Flur auftaucht, über die Türschwelle nach draußen tritt, möchte sie den Stein nach ihm werfen. Sie sieht, wie er umkehrt, den Hut von der Garderobe nimmt, über seinen Kopf hält, sich grüßend verbeugt, den Hut auf den Boden wirft. Wo warst du so lange, fragt Maria, wo bist du gewesen. Im Haus, antwortet Eduard und hält ihr seine geschlossene Hand hin, ich habe dir etwas mitgebracht.

Der Schlüssel ist verrostet, und Maria nimmt ihn vorsichtig aus Eduards Hand. Danke, sagt sie und holt ein Taschentuch aus ihrem Rucksack, sie legt den Schlüssel hinein, faltet das Taschentuch zusammen. In welchem Haus bin ich heute Nacht gewesen, denkt Maria, während sie den Schlüssel verpackt und sich an ihre Bettdecke erinnert, den Kopfpolster, aber bevor Maria weiter nachdenken kann, sagt Eduard: Pass gut auf ihn auf, er küsst sie auf die Stirn. Ich komme in den Sommerferien wieder, ich schreibe dir, ich ruf dich an. Maria sieht Eduard in einer Wohnung sitzen, vor einem Telefon, das am Boden steht, ein grünes Telefon mit weißer Wählscheibe, in einer Stadt, die sie nicht kennt, in einem Haus, das sie nicht kennt. Aber die Fenster habe ich heute Nacht gesehen, denkt sie, braun war der Fensterrahmen, und das Glas war schmutzig, ein Erker, ein Dielenboden, aber die Wohnung war leer, weil Eduard ausziehen musste, Eduard wollte bleiben. Eduard sagt: Du machst die Lehre fertig, bis zur Lehrabschlussprüfung hast du nicht mehr lange, und dann, dann kommst du nach. In der Stadt sind viele Boutiquen, du findest bestimmt schnell eine Stelle, die warten auf junge Mädchen wie dich. Eduard streicht durch Marias Haar. Lass das, sagt sie, du bringst meine Frisur durcheinander. Du hast mir noch etwas versprochen, sagt Maria. Muss das sein, sagt Eduard, und Maria nickt. Eduard knöpft sein Hemd auf und hängt es über einen Ast, er greift nach hinten und zieht sein Unterhemd über den Kopf. Und jetzt, fragt Eduard, ich friere. Halt still, sagt Maria und setzt den Stift beim obersten Muttermal an der rechten Schulter an.

2 Wer auf Schnecken tritt, hat klebrige Füße

Halt still, sagt die Mutter, als sie Marias Fuß abschrubbt. Die Bürste wird am Schienbein rote Striemen hinterlassen, dort wo die Mutter mit der Bürste entlangfährt, wenn Maria ihre Füße wegzieht, weil die Bürste kitzelt, weil die Hände der Mutter kitzeln, auch wenn sie den Fuß noch so fest umgreifen. Du musst auf den Boden schauen, du musst schauen, wohin du deine Schritte setzt. Der Schneckenschleim ist zäh, du hättest deine Füße ohnehin waschen müssen, sagt die Mutter und trocknet Marias Füße ab, die sie schnell wegzieht. Wo hast du deine Schuhe gelassen. Die Schwester schreit, und die Mutter geht zu ihr hin, nimmt sie aus dem Bett, schaukelt sie im Arm. Bitte zieh Socken an, sagt sie zu Maria, auf dem Bett liegt ein Paar.

Der Vater hat kleine Augen, als er nach Hause kommt, er trägt eine Schachtel unter dem Arm. Maria sitzt am Boden, sie zieht ihrer Puppe ein neues Kleid an. Bist du noch wach, sagt der Vater und streicht ihr über den Kopf, brave Mädchen schlafen schon. Das Kleid der Puppe hat ein Loch, dort wo der Ärmel angenäht ist. Der Arm der Puppe schaut durch das Loch, Maria muss wieder von vorn beginnen, muss der Puppe das Kleid über den Kopf ziehen, muss sagen: Es ist kalt, wo hast du dein Kleid gelassen. Die Augen der Puppe sind blau, sie klimpern, wenn sie zufallen. Die Mutter kommt ins Zimmer, sie nimmt den Vater in den Arm, sie sagt: Wie geht es deiner Schwester, warum ist sie nicht mitgekommen. Sie wollte nicht, sagt der Vater, die Mutter stemmt ihre Arme in die Seiten. Maria, komm, geh schlafen, es ist schon spät, deiner Puppe fallen die Augen zu, sagt der Vater und legt die Puppe auf den Kasten. Ich zähle bis drei, sagt er, als sie protestiert. Eins, zwei, bis drei lässt Maria sein Zählen nie kommen, weil er den Zeigefinger bei eins schon hebt. Die Eltern schließen die Tür, Maria wartet eine Weile, dann kommt sie zurück, sie lehnt ihr Ohr an das Schlüsselloch, wie Detektive in Abenteuergeschichten. Er hat sich am Kasten aufgehängt, sagt der Vater, die Hausschuhe hat er vorher ausgezogen und neben die Wohnungstür gestellt.

Die Schachtel steht am nächsten Tag dort, wo sie der Vater am Vortag gelassen hat. Sie ist aus Metall und an einer Ecke eingedrückt. Ich soll sie durchsehen und ihr die wichtigen Sachen geben, sagt der Vater beim Frühstück. Warum macht sie das nicht selbst, fragt die Mutter, die hinter ihm Geschirr abwäscht. Weil sie Angst hat, etwas zu finden, du weißt. Maria sitzt aufrecht am Küchentisch. Hilf deiner Mutter, sagt der Vater, als er die Schachtel öffnet. Das Telefon läutet, die Mutter steht auf, geht ins Vorzimmer, wo sie den Hörer abhebt. Maria trocknet Geschirr ab. Du kommst mit deinen kleinen Händen besser hinein als ich, sagt der Vater, wenn Maria fragt, warum er nicht abtrocknet. Die Mutter spricht laut am Telefon. Weil sie Angst hat, dass ihre Stimme sonst nicht durch die Leitung dringt, sagt der Vater an manchen Tagen und lacht, heute lacht der Vater nicht. Die Leitung ist oft besetzt, weil die Nachbarin lange telefoniert, dann ärgert sich Marias Mutter und verflucht den Viertelanschluss. Ein Viertelanschluss ist ein Telefonanschluss, den man sich mit drei Nachbarn teilt, erklärt die Mutter, wenn Maria fragt, was ein Viertelanschluss ist, merk es dir doch. Maria ist mit ihrem Vater in der Küche, sie hört die Mutter am Telefon sagen: Ja, es ist schrecklich. Ich weiß nicht, wahrscheinlich, er hat schon lange gesucht. Ich weiß nicht, vielleicht hat er, ja. Ja, nur weil man, das ist kein Grund, ja, da hast du vollkommen Recht. Den Kindern geht es gut, ja. Am Dienstag, bis dann. Schau, sagt Maria, als ihre Mutter zurück in die Küche kommt, und hält ihr einen Zettel hin, den sie aus der Schachtel gezogen hat. Was steht da, fragt Maria, ich kann die Schrift nicht lesen. Ich weiß nicht, ob du das lesen darfst, antwortet die Mutter, gib her. Die Mutter streicht über das Papier, dann sagt sie, das hat dein Onkel in der Schule geschrieben. Sie liest: *Ich will ein Flieger, Unterseebootskapitän, Indianerhäuptling und ein Mechaniker werden. Aber ich fürchte, es wird sehr schwer sein, einen guten Posten zu finden.* Maria lacht, Indianerhäuptling ist kein Beruf, sagt sie, das hätte er doch wissen müssen.

1 Ich bin

Die Tante ist die Schwester des Vaters, der Vater ist der Bruder der Tante, ich bin die Tochter des Kindes deiner Mutter, sagt Maria zu ihrer Tante, als die Tante Zwiebeln schneidet. Woher weißt du das, fragt die Tante, sie sagt: Komm mir nicht zu nahe, sonst kommen dir die Tränen. Wie lange bleibst du noch bei uns, fragt Maria. Bis deine Mutter mit deiner Schwester aus dem Krankenhaus kommt, sagt die Tante, freust du dich auf deine Schwester. Maria nickt, wie große Schwestern nicken sollen. Die Post liegt auf dem Küchentisch, Maria sieht sie durch. Schau, du hast eine Karte bekommen, sagt sie zu ihrer Tante. Die Tante wischt die Hände an der Küchenschürze ab, sie fragt: Wer hat geschrieben, vielleicht dein Onkel, darf ich sehen. Maria bringt der Tante die Karte, die Tante lächelt, als sie liest, was darauf steht. Das darfst du lesen, sagt sie, wenn du es kannst, und legt die Karte zurück auf den Tisch. Auf der Karte ist eine Wiese zu sehen, darauf ein Baum mit breiten Ästen und eine Kuh. Was ist das für ein Baum, fragt Maria. Ich weiß es nicht, sagt die Tante und beginnt, die Zwiebeln klein zu hacken. Marias Augen brennen. Sie fährt mit dem Finger über die Zeilen, der Onkel schreibt ordentlich, sie liest langsam: *Ich bin immer noch hier, wo es regnet und manchmal die Sonne scheint.* Was heißt das, fragt Maria, und die Tante schiebt den Topf vom Herd. Die Tante kommt zu ihr, sagt, du kannst schon gut lesen, aber du bist noch zu klein, um das zu verstehen. Wenn du groß bist, wirst du alles verstehen, du wirst alles verstehen, und du wirst meinen Schmuck erben. Steh auf, hilf mir, die Kartoffeln zu schälen. Wie lange bleibst du noch bei uns, fragt Maria. Bis deine Mutter mich wieder gehen lässt, sagt die Tante. Schäl du die Kartoffeln, ich sehe nach, wo deine Mutter die Geschirrtücher versteckt.

Ich, flüstert Maria den Kartoffeln zu, als die Tante die Küche verlassen hat. Die Kartoffeln dampfen, sie brennen an den Fingern, wenn Maria sie in die Hand nimmt. Ich bin. Wenn alle Kartoffeln geschält sind, wird die Tante den Topf erneut auf den Herd stellen, Butter über den Kartoffeln zerlassen, damit sie nicht zu trocken sind. Ich bin immer noch. Maria legt die erste Kartoffel zurück in den Topf. Hier, flüstert sie und nimmt eine zweite heraus. Ich bin immer noch hier, wo es regnet und manchmal die Sonne scheint.

Material

Ludwig Hirsch, In deiner Sprache, in: In meiner Sprache, Polydor 1991

Michael Holm, Barfuß im Regen, in: Auf der Straße nach Menocino, Ariola 1970

Michael Holm, Tränen lügen nicht, in: Tränen lügen nicht – Lieder zum Träumen, Ariola 1975

Marie Jahoda / Paul F. Lazarsfeld / Hans Zeisel, Die Arbeitslosen von Marienthal. Ein soziographischer Versuch über die Wirkungen von langandauernder Arbeitslosigkeit. Hirzel, Leipzig 1933

Jobcenter. Regie: Angela Summereder, 2009

Karat / Peter Maffay, Über sieben Brücken mußt du gehn, in: Revanche, Metronome 1980

Hildegard Knef, Für mich soll's rote Rosen regnen, in: Die großen Erfolge 2, Decca 1969

Anna Müller / Olga Walser, Mein erstes Kochbuch. Vorarlberger Verlagsanstalt, Dornbirn 1967

Hans-Georg Willmann, In 90 Tagen aus der Arbeitslosigkeit. Schritt für Schritt zum neuen Job. Cornelsen, Berlin 2010

Angelika Reitzer Unter uns Roman

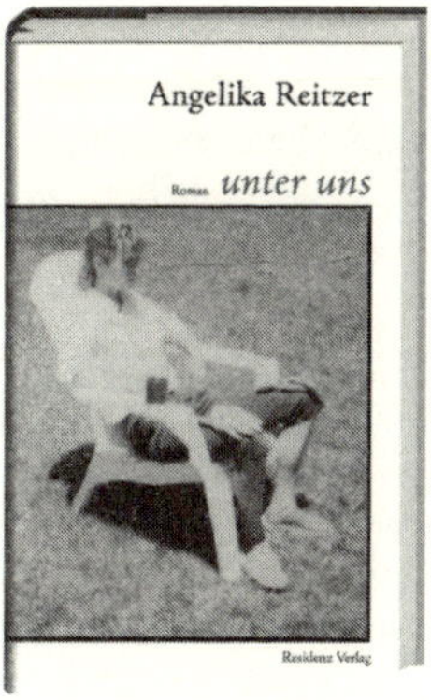

Sie suchen ihren Platz in wechselnden Verhältnissen, zwischen einem Projekt und dem nächsten, ohne dass davon mehr bleibt als ein unsicheres Netzwerk von Kontakten und losen Beziehungen. Prekäre Ensembles. Sicher, auch ein solides Familienleben ist möglich, in einem Haus, das Freunde von Clarissa erben. In einem der Zimmer im Keller kommt sie unter, vorübergehend, solange sie bleiben möchte. Aber eines Tages geht sie, sie steigt aus, als wäre sie in ihr Leben und das all der anderen nicht wirklich involviert gewesen.

»Unter uns« gehört zu den besten Neuerscheinungen der letzten Jahre.

Falter

Jedes Wort scheint auf dem richtigen Platz zu sein, und keines ist zu viel.

Die Presse

Angelika Reitzer ist eine unverwechselbare Erzählstimme, sie hat einen neuen Tonfall in die österreichische Literatur gebracht.

ORF Ö1 Ex Libris

Es gibt nur wenige Gegenwartsromane, die so präzise und überzeugend die mentale Grundverfassung einer Generation vermitteln.

OÖ Nachrichten

In schnörkelloser Sprache entworfene Szenen mit hoher Sogwirkung

profil

autorinresidenz